LA CHANSON DE GESTE

DE

GARIN LE LOHERAIN

MISE EN PROSE

PAR

PHILIPPE DE VIGNEULLES, DE METZ

TABLE DES CHAPITRES

AVEC LES

REPRODUCTIONS DES MINIATURES

D'APRÈS

LE MANUSCRIT DE LA CHANSON

APPARTENANT A M. LE COMTE D'HUNOLSTEIN

PARIS

LIBRAIRIE HENRI LECLERC

219, RUE SAINT-HONORÉ, 219

et 16, rue d'Alger

MDCCCCI

LA CHANSON DE GESTE

DE

GARIN LE LOHERAIN

Arrivée de Garin et de Fromont à Génivaux

LA CHANSON DE GESTE

DE

GARIN LE LOHERAIN

MISE EN PROSE

PAR

PHILIPPE DE VIGNEULLES, DE METZ

TABLE DES CHAPITRES

AVEC LES

REPRODUCTIONS DES MINIATURES

D'APRÈS

LE MANUSCRIT DE LA CHANSON

APPARTENANT A M. LE COMTE D'HUNOLSTEIN

PARIS

LIBRAIRIE HENRI LECLERC

219, RUE SAINT-HONORÉ, 219

et 16, rue d'Alger

MDCCCCI

Le manuscrit dont on donne ici quelques extraits est bien connu de tous ceux qui s'occupent de notre ancienne littérature.

Il contient la translation de rime en prose de la « Chronique du Loherain Guerin ».

Cette traduction, écrite en 1515, est l'œuvre de Philippe de Vigneulles, marchand drapier de Metz.

Après avoir appartenu à Paul Ferry, ministre de la R. P. R., dont la famille était apparentée avec celle de Philippe de Vigneulles, il fit partie de la bibliothèque du comte Emmery. A la vente de cette collection, le manuscrit fut acquis par le comte d'Hunolstein.

Il est encore conservé précieusement dans cette famille et c'est à M. le comte d'Hunolstein qu'on en doit la communication.

Ce manuscrit est la mise au net de la traduction des Loherains. La bibliothèque municipale de Metz possède, sous le numéro 847, la première rédaction, beaucoup moins soignée. On en trouvera la description dans le catalogue des manuscrits de la ville de Metz par M. Auguste Prost.

Philippe de Vigneulles, en se mettant à sa traduction, n'a pas cru faire une œuvre littéraire, mais bien sauver de l'oubli ce qu'il appelait une très ancienne *chronique*. A son avis, la vérsification romane était devenue inintelligible pour la plupart de ses contemporains. C'est ce qui l'a décidé à traduire en son rude messin, toute la geste des Loherains.

Avant de parler de cette traduction, il convient de dire quelques mots sur celui dont le labeur patient a conduit à bonne fin une telle besogne.

Philippe Gerard, dit de Vigneulles, marchand drapier de Metz, demeurait rue des Bons-Enfants, derrière Saint-Sauveur. Il était d'une famille de paysans et, devenu *citain* de Metz, il fut peut-être séduit de voir la vieille geste lorraine associer dans un commun éloge « Ceus de mestier qui laborent toz dis », « les bons bourgeois signoris » et « les paysans qui tant font à loer ».

Epris surtout du passé glorieux de Metz, la « noble cit », c'est à la ville de Metz qu'il consacre sa tâche de laborieux traducteur, et non pas aux ducs de Lorraine, prétendus héritiers de Garin le Loherain. Il n'avait d'ailleurs pas été heureux dans ses rapports avec les descendants des preux, avec les ducs de Lorraine et leur chevalerie. Son journal traite assez mal, et non sans raison, Jean de Harcourt, capitaine de Chauvency, pour le duc de Lorraine, René II (1).

Ce qui l'intéresse dans la geste Lorraine, c'est Metz, et Metz seulement.

Bien différent en cela des Lorrains ducaux, il ne s'occupe nullement des traditions, qui peuvent rattacher à la Geste les ducs de Lorraine et de Bar. Bien au contraire, dans sa chronique, en parlant du coup de main tenté contre la ville de Metz par le duc de Lorraine Nicolas d'Anjou, il n'hésite pas à mettre ce prince au dernier rang des traîtres, avec Fromond et Ganelon ; Fromond, l'ennemi des Loherains, Ganelon, le traître de Roncevaux.

____

(1) Ce seigneur retint, pendant de longs mois, dans une dure prison, Philippe de Vigneulles et le maire Gérard, son père.

C'est à la noble cité de Metz que Vigneulles ramène toute la geste de Garin. Il nous montre le tombeau où le héros « gist encore tout entier et tout éperonné, au grand moustier. »

Il sait fort bien où se trouve le jardin où la belle Béatrix prenait ses ébats, quand de méchantes gens vinrent l'enlever.

Il connaît la sépulture du duc Hervi et celle de la belle Béatrix, toutes deux, dans la vieille abbaye de Saint-Arnould.

Mais que ne sait-il pas ? Il a compulsé toutes les vieilles chroniques de Metz. Il en fait des volumes très vénérables. Il faut le croire.

« Philippe de Vigneulles est le premier qui ait rédigé toute l'histoire de « Metz. Son ouvrage est en trois volumes in-folio. Il commence à l'an du « monde 2659, et finit à l'an de Jésus-Christ 1525. On ne doit le consulter « que pour l'histoire de son siècle, c'est-à-dire depuis 1400. Philippe de « Vigneulles fut enlevé avec son père en 1490, et conduit à Chavency le « Château, où il fut détenu pendant plus d'un an. Il nous a laissé dans sa « chronique l'histoire de sa captivité. On a encore de lui un ouvrage « intitulé *Cent nouvelles nouvelles*, écrit dans le goût des *Nouvelles* de la « Reine de Navarre. M. Emmery possède ce précieux manuscrit ».

C'est ainsi que dans le *Templum Metensibus sacrum*, le savant dom Bernardon Pierron parle en 1779 de Philippe de Vigneulles. Cette note se rapporte à la strophe latine :

> Vinolius patriæ calamum devovit, et acta
> Inclyta temporibus liquit celebranda futuris.
> Ne tamen austeris solum insudasse libellis
> Vinolium credas ; etiam jocularia lusit.
> Si sit opus, docto stringit sale, pungit aceto.

On le voit, dom Pierron ne dit rien de la traduction du Loherain Guérin. Heureusement deux manuscrits de cette translation en prose existent encore. Il n'en est pas de même pour les *Cent nouvelles nouvelles*.

« En celle dite année mil V^c et XV, je Philippe de Vigneulle, compon- « seur de ceste presente cronicque translatis et mis de ancienne rime en « prouse le livre de la belle Biautris et celui du Lourain Guerin et fis « paireillement et compousai ung livre contenant cent nouvelles ou contes

« joieulx, lesquels furent faits achevis en cest esté, en l'an dessusdit en la
« fourme et maniere, comme veoir les pourrez. ».

Hélas non, nous ne pouvons pas les voir. Les scrupules de la comtesse
Emmery (1) nous ont privés de ces contes qu'elle trouvait trop « joieulx »
et qui contenaient, dit-on, sur l'état des populations messines à cette
époque des indications fort curieuses qu'on chercherait vainement dans de
plus graves documents. D'ailleurs nous n'avons pas à faire ici la bio-
graphie de Philippe de Vigneulles, ni l'énumération de ses œuvres. M. Michelant dans son introduction au journal de Ph. de Vigneulles, a dit,
malheureusement en allemand, tout ce qu'on peut savoir de cet écrivain
français.

Mais comment ne pas admirer la confiance sereine avec laquelle Ph. de
Vigneulles écarte d'un mot les doutes qu'on pourrait élever sur la vérité
historique des Loherains ? De nos jours, dit-il, avec l'artillerie et ses
ravages, nos guerres et « batailles » laissent loin derrière elles tout ce que
la Geste nous conte de Garin. Pourquoi donc s'étonner ? Rien de surprenant dans les faits et gestes de Garin le Loherain. Quant aux aventures de
la belle Béatrix, qui fut « prinse et ravie » dans le beau jardin qui « touche
à Saint-Pierre-aux-Araines », « ce n'estoit que chose toute commune pour
celluy temps de ainsy faire ». Il cite maints exemples à l'appui de son dire ;
il produit des textes de la plus haute antiquité, où de semblables aventures
sont duement relatées.

Après quoi, il invoque un dernier et triomphant argument : les monu-
ments qu'on voit encore à Metz, : les tombes d'Hervi (2) et Beatrix à
S. Arnoul, de Garin « au Grand Moustier, où il gist encore tout entier et le
peust on veoir. »

Il n'en fallait pas tant pour persuader un lecteur déjà tout convaincu.
La *Geste des Loherains* était assimilée aux meilleures chroniques, aussi
bien par les compilateurs qui ont précédé Philippe de Vigneulles, que par

----

(1) M. Michelant qui a publié dans l'*Austrasie* une des nouvelles de Philippe de Vigneulles, avait,
paraît-il, pris une copie du manuscrit fort incomplet de ces contes. Qu'est devenue cette
copie ?

(2) Pour la tombe d'Hervi, Vigneulles est d'accord avec le petit cartulaire de Saint-Arnould.

ceux qui ont écrit après lui. La *Chronique rimée,* Symphorien Champier, Le Maire de Belges admettent sans discussion l'histoire du duc Hervi de Metz et du Loherain Garin.

Aucun d'eux cependant n'avait été aussi affirmatif que Philippe de Vigneulles et n'avait appuyé d'un aussi formidable travail une aussi naïve croyance.

Mais tous ceux-là sont des savants; leurs dires sont dès lors moins probants pour ce qui touche aux données légendaires; apanage du peuple, de ceux qui ne savent ni *a* ni *b.* Laissant de côté les lettrés et leurs recherches, d'autres témoignages, bien plus précieux, nous font constater, chez le peuple lorrain, la tradition vivante de son épopée.

C'est d'abord la broche garnie de ses trois pluviers qui figure, dès les premières années du XIIIe siècle, sur les sceaux des ducs de Lorraine, dans leur blason à la bande de gueules, telle que le duc Begue, surpris dans ses fonctions de maître-queux du roi Pepin, la brandissait en courant sus aux Fromonds et la rapportait couverte du sang des ennemis du roi.

> Li Francés s'arment dès que li rois lor dist
> Li dus avoit un grant hastier saisi.
> Plain de ploviers qui chaut sunt et rosti...

(Garin le Loherain, éd. P. Paris, t. II, 19).

Puis le duc Raoul,

> Le vaillant duc de Loheraine
> Qui mult fut noble capitaine,

avant sa mort glorieuse dans la plaine de Crécy, fonde l'anniversaire « du « Loherain Guerin qui fut li un des chiés de nostre lignaige. »

Il veut que cet anniversaire soit célébré dans la chapelle Saint-Georges de Nancy, tout ainsi qu'on l'observe au grand moustier de Metz. De plus il ordonne que ce jour-là (10 février) une distribution de pain soit faite au peuple, ainsi qu'il convient pour rappeler en même temps, et la gloire du héros et l'humilité de son origine.

En 1425, la tradition de la chevalerie lorraine, de ceux qui avaient assuré la couronne de Lorraine à l'héritier légitime (1), paraît dans la déclaration des nobles lorrains qui tous affirment que leur duc ne laissant pas d'hoirs mâles, le duché doit passer à la ligne féminine et que de toute notoriété cela s'est fait ainsi, quand le cas s'est présenté. Or c'est dans Hervi seulement qu'on voit le duché passer du duc de Pierre au fils de sa fille, Hervi de Metz. Aucun exemple historique ne peut être cité en dehors de la donnée épique. Cette date est solennelle; la déclaration des nobles assurait le duché au chef du parti Armagnac en Lorraine, René d'Anjou, comte titulaire de Guise; c'est cette année-là même (1425) que Jeanne d'Arc eut ses premières visions.

En 1470, au mois de septembre, Philippe de Savoie, frère de la reine de France, vient à Metz. Ce qu'on lui montre tout .d'abord, « à la grant esglise », c'est la grosse cloche communale et la tombe du héros messin : « et fut veoir Meute (2) et le Lorain Gairin. » (Journal de Jehan Aubrion, p. p. Lorédan Larchey, p. 41).

Nous arrivons enfin à Philippe de Vigneulles; avec lui la croyance s'affirme si nettement, qu'il n'est plus nécessaire de recourir au laconisme des textes cités plus haut. Garin le Loherain gist encore tout entier dans la cathédrale de Metz « et le peut on veoir ». Aucun document antérieur au journal de Jehan Aubrion ne fait mention de ce tombeau. Après Philippe de Vigneulles, il n'en est plus parlé. Rabelais allait venir à Metz, et malgré la robuste crédulité de « la noble cit », la tombe du Loherain Guérin ne pouvait pas résister aux sarcasmes du joyeux curé de Meudon.

Au reste, le temps des traditions épiques était passé. Le rôle des ducs de Lorraine avait cessé d'être chevaleresque et légendaire. Il était devenu monarchique et centralisateur. Le duc René II « venu au-dessus de ses ennemis », dans la plaine de Nancy, avait inscrit autour de son blason, autour des pluviers du duc Bègue, les mots : « *fecit potentiam ex brachio suo.* » Il avait légué cette devise à ses héritiers. C'en était fait de la camaraderie lorraine, des temps où prince, chevaliers et peuple vivaient ensemble et partageaient la robuste simplicité du paysan. Un pouvoir monarchique

(1) Pépin a, pendant tout le moyen-âge, été considéré comme l'héritier légitime de la couronne de France, après Charles Martel son père.
(2) La Mute.

allait remplacer cette république féodale et populaire. Si le duc invoquait pour sa dynastie naissante le psaume de l'humilité, il en dénaturait le sens; il dissimulait mal l'orgueil de sa victoire; il n'avait pu résister à la joie de porter, en suivant le deuil de son ennemi vaincu, la barbe d'or des triomphateurs. Dès lors il devenait semblable aux Fromond et aux Hardré, à tous les « orguilloux » ennemis de la geste lorraine.

Il n'y avait plus de place dans la grande Eglise de Metz pour la tombe du Loherain Guérin.

La chevalerie qui, du paysan jusqu'au prince avait été l'âme de la Lorraine, allait disparaître pour faire place à l'autorité d'un seul, le duc d'abord, et nécessairement ensuite le roi de France (1).

C'est avec regret que les plus savants admirateurs de la geste lorraine (2) sont arrivés de nos jours à cette conclusion, qu'il faut renoncer à trouver un élément historique dans les Loherains.

Ce beau poëme, disent-ils, malgré toute sa précision, ne repose sur aucun événement dont on retrouve la trace dans l'histoire. Ainsi posée, cette conclusion est exacte. Mais faut-il, parce que ces luttes féroces n'ont pas été consignées dans nos annales, conclure qu'elles n'ont pas eu lieu? Il semble qu'on doive être tenté de se ranger tout d'abord à cette opinion. Cependant en étudiant de plus près le poëme, on est frappé de la ressemblance des principaux personnages de la geste, avec les rois, les reines et les grands du VIIe siècle. Ces évêques assassins, ces reines passionnées et fougueuses sont de l'époque mérovingienne. L'avènement de la race issue de Charles Martel établit dans notre histoire un contraste absolu entre les nouveaux rois et les derniers des Mérovingiens. Autant les nouveaux maîtres de la couronne donnent au pouvoir dont ils viennent de s'emparer toutes leurs forces, toute leur énergie; autant les derniers héritiers de Clovis se contentent du titre royal, sans en ambitionner même l'autorité; autant le

(1) Une des causes qui ont le plus contribué à la concentration du pouvoir en Lorraine est la réunion par alliance des maisons de Lorraine, de Bar et de Vaudémont qui, toujours en lutte jusqu'à la seconde moitié du XVe siècle, s'étaient enfin confondues dans la personne du duc René II.

(2) Ferdinand Lot dans Etudes dédiées à Gabriel Monod, page 220.

rôle de la femme est nul dans l'histoire des nouveaux rois, autant il est prépondérant sous le règne des chétifs héritiers de la première dynastie.

On ne connaît il est vrai, aucun duc Garin à Metz, au VIIᵉ siècle. Cette constatation cependant ne doit pas être admise comme une preuve négative. Un fait est établi : il y avait à Metz des ducs que les sources historiques, si rares et si laconiques, ont à peu près négligés. Grégoire de Tours, sous l'an 585, parle de l'un d'eux sans même nous dire quel était son nom ; cela n'avait aucune importance : *episcopo suo ac duci;* et plus loin : *adveniens quidam ducis Austrasiorum filius.*

Est-ce le fils d'un duc de Metz? qui peut le savoir dans une époque si peu connue ? On ne sait rien d'Eleuthère qui paraît avoir été duc de Metz, où il fonde vers l'an 612 l'abbaye de Saint-Pierre, et qu'un titre de l'an 1417 rappelle avec un anachronisme précieux à relever, comme ayant été duc de Lorraine. Un duc de Garin ou Waning, vivant à Metz quelques années plus tard, vers le milieu du VIIᵉ siècle, n'a-t-il pas pu devenir, lui aussi Garin le Loherain, Garin duc de Lorraine ?

En dehors des maires du palais, de quelques évêques, c'est l'oubli pour tout ce qui n'a pas été roi, saint ou très grand criminel.

Le gouvernement régulier de l'Austrasie, sous les rois Mérovingiens comportait cependant tout un rouage administratif et judiciaire à la tête duquel se trouvait le maire du palais. Ce haut personnage absorbait tout le pouvoir, et son nom est le seul que les chroniqueurs veulent bien nous faire connaître. Mais, au-dessous de lui, d'autres « viri illustres », les ducs, les comtes, formaient dans chaque cité de l'ancienne Gaule Romaine un personnel administratif, hiérarchiquement organisé. Or si, vers l'an 650, il y avait eu à Metz, *quidam Waningus vir inluster,* à quel document, à quel chroniqueur demander la preuve d'un fait d'aussi mince importance ?

Plus tard, quand les documents se font plus nombreux, et que le pouvoir des ducs commence à s'affirmer, dès le VIIIᵉ siècle, l'oubli serait moins explicable, au VIIᵉ siècle, il n'a rien de surprenant.

Mais, dans les personnages principaux de la Geste Lorraine, il faut chercher aussi la race ennemie, les Fromond. C'est là qu'on peut espérer soulever le voile, et, grâce à Fromondin de Lens, suivre peut-être la trace de Garin de Metz.

Au XIIe siècle, quand fut rédigée la plus ancienne version écrite des Loherains, on trouve, dans le Nord de la France, un fief dont l'étendue et la situation géographique concordent à merveille avec le domaine féodal des ennemis de Garin : l'Amiénois, une partie de l'Artois sont enclavés dans ce grand fief, le « *feodum Frondini de Hersino* ». Cet immense domaine des moines de Corbie leur avait été donné, suivant les titres de l'abbaye, par les fondateurs eux-mêmes vers l'an 662.

Par l'inféodation que les moines en avaient faite à des hommes capables de le défendre et d'en faire le service, le *feodum Frondini* constituait un des fiefs les plus importants de la région. Les d'Amiens, et avec eux tous les plus grands noms de la Picardie et de l'Artois, en sont au XIIe siècle les possesseurs.

Or, au XIIe siècle, le possesseur du fief était l'héritier, le représentant direct de celui dont il continuait la personne, comme s'il existait encore. Il est donc tout naturel que le rédacteur de la geste ait fait entrer, comme comparses, pour donner à l'action l'intérêt de l'actualité, et pour flatter la vanité de ses riches auditeurs, ceux qui détenaient le fief de Frondin. Il leur adjoint les autres barons également feudataires de l'abbé de Corbie, sans doute parce que celui-ci étant le premier héritier de Frondin, les fiefs se trouvaient confondus dans les vastes domaines de l'abbaye.

C'est ainsi que les d'Amiens et les de Boves (1) deviennent parents de Fromont.

Mais qu'était ce Frondin de Hersin, dont l'abbaye de Corbie était l'héritière ? Comment portait-il ce nom de Hersin, terre située près de Lens ?

Au VIIe siècle il n'y avait pas de noms de famille.

C'est ici qu'interviennent déjà les transformations qu'ont subies les héros de la geste.

---

(1) La baronnie de Boves était l'une des douze pairies de l'abbaye de Corbie. Le rôle des fiefs mouvants de l'abbé-comte de Corbie, écrit entre 1198 et 1201, ne mesure pas moins de neuf mètres de long.

*

« *Frondinus de Ursino, dato pretio, comparavit.* » Tel est le texte exact du document primitif. Cela signifie simplement que Frondin a acheté de Ursin. Comme les domaines de ce Frondin s'étendaient jusque dans l'Artois, la croyance s'établit avec les noms de fief, c'est-à-dire au XIe siècle, que ce puissant seigneur avait porté le nom de *Frondinus de Ursino*, Frondin de Hersin.

Mais Hersin n'était qu'un petit fief mouvant très anciennement de la terre de Lens. Il fallait une dénomination plus illustre pour un aussi puissant seigneur ; et c'est ainsi, peut-être, que se serait formé le personnage épique de Frondin ou Fromondin de Lens.

En réalité ce seigneur pourrait plutôt être appelé Frondin de la forêt de Vicogne : *Scripta et munimenta ecclesiæ testantur quod Viconia foresta erat de feodo Frodini.* C'est dans le bois de Vicogne, dans les alleux de Saint-Bertin, que se déroule un des plus tragiques épisodes de la geste. Les abbayes de Saint-Bertin et de Corbie portaient toutes deux au moment de leur fondation et portèrent pendant longtemps encore le nom de Saint-Pierre. Le rédacteur trouvant, dans la donnée historique qu'il développait, la mention précise de la forêt de Vicogne, dans les alleux de Saint-Pierre, aura confondu les deux forêts, et cela d'autant plus facilement que la forêt de Vicogne appartenant à l'abbaye de Saint-Pierre de Corbie (1) était depuis longtemps, en grande partie défrichée et avait perdu son ancien nom, tandis que la « *Silva famosissima* » de Vicogne, près Valenciennes, était encore, au douzième siècle, célèbre par son étendue et par les grands crimes qui s'accomplissaient sous ses dangereux ombrages. Cette confusion, qui gêne évidemment (2) le développement normal de l'action, n'est pas un des moindres arguments en faveur d'une donnée historique maladroitement interprétée. La version primitive devait porter que Frondin tua dans sa forêt de Vicogne, l'imprudent qui y était venu chasser.

---

(1) La forêt de Vicogne commençait à l'Etoile sur la Somme, et s'étendait jusqu'à l'Authie depuis Outrebois jusqu'aux sources de cette rivière qu'elle traversait pour atteindre, en Artois, Pas, Bucquoy et Bapaume.

(2) L'auteur de la rédaction rimée est obligé de placer cet épisode aux environs de Cambrai, c'est-à-dire fort loin de Lens, et de conduire de forêt en forêt le duc Bègue de Belin, jusqu'à ce que cette longue poursuite l'amène sur les terres de Fromont.

Malheureusement le laconisme des sources historiques au VIIe siècle, ne fournit aucun Garin, « *vir illuster* », qui eût pu être l'ennemi de Frondin. Cependant le nom de Genivaux, conservé jusqu'à nos jours par le site charmant où Garin trouva la mort, paraît être une indication historique, négligée bien à tort par le versificateur du XIIe siècle qui n'en comprenait plus l'étymologie. Au VIIe siècle, en effet, et à ce qu'il me semble, au VIIe siècle seulement, les prénoms de Waning et Warin sont identiques. C'est une simple variante d'orthographe. Genivaux est le val où Waning a été traîtreusement assassiné. C'est le seul et bien faible indice de l'existence et de la mort du puissant ennemi de Frondin de la forêt de Vicogne.

Si les éléments historiques semblent reculer jusque vers le milieu du VIIe siècle les luttes sanglantes dont la geste lorraine serait le lointain écho, le poète ne s'est pas soucié de placer les péripéties du drame à une époque si négligée de son temps, si peu goûtée de ses nobles et généreux auditeurs. Il a choisi naturellement Charles Martel et Pépin, les deux grands princes, issus de Saint-Arnoul de Metz, ceux qui ont fondé en France la puissance austrasienne, pour en faire les rois et empereurs autour desquels se déroule la geste des Loherains. Il paraît cependant avoir respecté quant à l'esprit général, aux caractères des principaux personnages, quelque donnée épique, soit orale, soit écrite, quelque cantilène, sans doute, qui célébrait la lutte féroce de Frondin de la forêt de Vicogne et de son ennemi Waning. Cette hypothèse ne s'applique, bien entendu, qu'à la geste proprement dite de Garin. Mais, plus tard, quand le goût ou la manie des classifications s'introduisit dans nos chansons de geste, les continuateurs des Loherains paraissent avoir voulu faire entrer leur poème dans la geste de Pépin. C'est du moins ce qu'on peut supposer pour les interminables suites où les générations se succèdent à l'infini, sans cependant sortir du règne de Pépin. Cette intention paraît plus manifestement encore dans les manuscrits de la rédaction la plus récente, contenant Hervi remanié. Ici le poème est visiblement altéré pour y introduire la scène de « Pépin et de l'ange », c'est-à-dire qu'un ange vient révéler à Charles Martel qu'il va avoir un fils du nom de Pépin, et que les ennemis seront chassés du royaume. De même les textes de cette version remaniée annoncent, sans conduire jusque-là l'action de leur poème, que Gerin, neveu du duc Garin, sera tué à Roncevaux avec Roland. Mais il ne leur est pas permis d'en dire plus, obligés qu'ils sont de rester dans le cadre qu'ils se sont imposés, le régne de Pépin.

Or chanterons hui mais del roi Pepin.

(B. N., ms. fr. 19160, cclxxxix, c. 2).

En faisant périr avec Roland Gérin duc de Lorraine, le pseudo Turpin s'est peut-être fait l'écho d'une donnée épique suivant laquelle Gérin, dernier survivant de la geste lorraine aurait, en effet, été l'un des douze pairs qui moururent à Roncevaux.

La chanson de Roland dit simplement *Gerin ;* suivant certains textes de la geste lorraine, il s'agirait du neveu de Garin, du fils de Bègue.

Philippe Mousket, en présence de ces contradictions, prend son parti de faire mourir deux fois Garin duc de Lorraine : en Lorraine d'abord, à Roncevaux ensuite.

Quoi qu'il en soit, il n'est pas sans intérêt de relever ce passage qui montre bien nettement l'intention de faire passer dans la geste de Pépin les Loherains tout entiers. Ce résultat fut obtenu sans doute car on ne saurait expliquer autrement comment aucune des classifications connues ne donne place à la geste la plus populaire et la plus vulgarisée de notre épopée.

Il n'y a qu'un intérêt bien moindre à étudier, pour y chercher un élément historique, les branches additionnelles de la geste lorraine. Si le roman d'Hervi est précieux pour la peinture saisissante qu'il nous donne de la vie des Messins et des autres Lorrains, au début du XIIIᵉ siècle, la fantaisie y occupe une place qui le tient d'un bout à l'autre à l'écart du domaine de l'histoire. D'ailleurs la geste lorraine a été étudiée et résumée dans son ensemble de façon magistrale. Après de tels travaux, il ne reste qu'à glaner.

Cependant ne faut-il pas remarquer encore combien la seconde rédaction de la mort de Garin, porte le caractère d'une hagiographie? Ce bras coupé qu'on emporte comme une relique n'est-il pas encore la preuve d'un emprunt maladroit aux traditions du VIIᵉ siècle, à Saint Garin, frère de Saint Léger ; tous deux, si l'on en croit leurs biographies, hautement alliés en Austrasie. C'est aussi, à ce qu'il semble, la vie de Saint Léger qui a fourni l'épisode de Fromondin, moine défroqué qui médite d'assassiner Girbert.

Il ressemble singulièrement à Ebroin le *falsus monachus, fallaciter agens, ut solebat*, qui fit cruellement mettre à mort Garin, frère de Saint Léger ; « *magistro iniquitatis Ebroino qui monachali habitu deposito... crudelitate pessima... fecit..., decollari* ». C'est en ces termes que Mathieu de Paris commente à sa façon le martyre des deux frères Saint Léger et Saint Garin, victimes de la haine féroce d'Ebroin. Il faut aussi remarquer que les ennemis de Garin sont les mêmes qui par trahison tuent son allié Leudesius père d'Athic d'Alsace ; et que, tout comme dans la geste lorraine, «*cum Austrasiis, quos aliquando habuerat adversarios, se sociavit, ut amicis (Acta sanctorum ord. S. Ben. sæc. II, p. 701)* ».

Mais si ces épisodes, empruntés également au VIIe siècle, ont été intercalés dans la geste lorraine, ils ne figurent pas dans la partie la plus ancienne, dans le Garin proprement dit.

C'est au contraire dans cette partie que se trouvent les indications relatives à la forêt de Vicogne, à Garlain qui paraît identique avec le comte de Corbie, *Gollandus* ou *Gothlandus* (1).

Comme la donation du comté de Corbie que possédait Golland a précédé dans les libéralités faites à l'abbaye celle du fief de Frondin, Gallain est également à un degré supérieur dans la généalogie.

Il n'est pas jusqu'à la haine contre le nom lorrain dont on ne retrouve la trace dans les documents de Corbie : « *homines mali et pessimi qui* « *dicuntur Loherenc, Emmon et Godardus..... et hi duo simul fuerunt* « *comites de Corbeia.* » Comment ces deux méchants Lorrains venaient-ils au Xe siècle réclamer le comté de Corbie ? Serait-ce par suite de quelque alliance entre les Loherains et les descendants de Golland et de Frondin ? Alliances néfastes dont la fin de la geste lorraine relate les sanglantes et tragiques conséquences. Ou bien, le domaine de Corbie aurait-il appartenu à quelque ancêtre des Loherains, qui, devenu austrasien en aurait été

---

(1) Le fief de Golland commençait à l'Etoile, et, passant devant Amiens, allait atteindre Corbie, puis remontait jusqu'à Bazentin, près Encre.

dépouillé en faveur des Fromond ? La geste nous donne bien une indication de ce genre, mais il s'agit de Soissons et non de Corbie.

Dans sa version en prose, Philippe de Vigneulles ne cherche pas plus à effacer les défauts du langage messin qu'à rien changer au texte de sa « chronique ». Son style est, avant tout, celui d'un traducteur sincère ; de temps en temps cependant, il ne réussit pas à dissimuler derrière le grave compilateur, le joyeux conteur qu'il fut à ses moments perdus. Les scènes les plus dramatiquement sanglantes sont pour lui : « le grant tribollis (livre III, ch. XIV). » Pour peindre une déroute, il ne craint pas de dire : « en tournant le dos se mettent à juer de l'espée à deux pieds « (livre III, ch. XIV). » La perfidie de Fromondin cachant sous son habit d'ermite l'épée qu'il s'apprête à plonger dans le corps du trop confiant Girbert, ne lui suggère que ces mots : « il faisoit bien du pappelart. » Mais ces moments d'oubli sont heureusement fort rares dans le vaste travail qu'il sut mener à bonne fin. A part ces rares exceptions, Vigneulles reste sur un ton plus en rapport avec l'admiration qu'il professe pour le sujet par lui traité.

En terminant cette courte étude, il reste, après le savant et regretté Auguste Prost, un mot à dire encore sur un épisode de la geste lorraine, la mort d'Hervi à Ancerville.

Vigneulles, dont M. Auguste Prost semble partager l'opinion, et trompé sans doute également par la lecture « l'eau de Mez » (1) au lieu « de l'eau de Niez », place sur la Moselle la jonction du duc Hervy et du roi Anseis. « Sont arrivés dessus Muzelle à IIII lieues près de la cité de Metz ». Puis, une fois réunis, dès l'aube du jour suivant, il leur fait « tenir le chemin à « ung lieu qui est environ à trois lieues de Mets, lequel on appelle Ancer- « ville, car en cellui quartier, pour cellui temps estoient espandus iceulx « Hongres et Wandres. » Poursuivant cette invraisemblable hypothèse, Vigneulles place à Ancerville même le combat où le duc Hervi trouve la mort.

---

(1) Les trois jambages du texte manuscrit, peuvent, en l'absence de toute ponctuation, se lire ni aussi bien que m.

« Et estoit l'herbe et le preis *dessoubs Ancerville* tout mouillés et taint
« de sang, tant de mors comme de navrés ».

Tout d'abord « l'eau de Metz » est une expression totalement dénuée
de la précision géographique qu'on remarque dans les Loherains. Comme
l'ont signalé tous ceux qui ont décrit l'emplacement de la cité des Médio-
matriciens, Metz est située sur deux rivières, la Moselle et la Seille. Le
manuscrit des Loherains conservé à la bibliothèque de Turin porte
également :

> Mies fist fonder el pendant d'un lairis
> Entre II iaues que je nomerai chi :
> Scille et Mouselle.....

Il paraît donc très probable que, dans le ms. français de la B. N., 1582,
le seul qui parle d'Ancerville, il faut lire « sor l'eve de Niez » (1).

De plus, si, dans ces temps reculés, deux armées conduites, l'une par
le roi de Cologne, l'autre par le duc de Lorraine, veulent opérer leur
jonction sans être gênées dans cette combinaison stratégique par une
armée d'investissement rangée autour de Metz, elles n'ont pas de meilleur
chemin à suivre que celui qui aboutit à Ancerville, point de réunion
indiqué par un manuscrit de la geste, et situé, en effet, sur la Nied et à
quatre lieues de Metz. Le roi de Cologne y arrive en remontant les vallées
de la Sarre et de la Nied Française; le duc de Lorraine, en descendant la
Seille, sans s'exposer à se heurter isolément aux assiégeants postés sur les
deux rives de la Moselle et sur la Seille, autour de Metz. Ici donc, il faut
une fois de plus constater la vraisemblance, déjà si souvent remarquée,
des événements décrits par notre geste. En effet, les deux armées se rencon-
trant à Ancerville, et opérant une conversion vers Metz, Hervy, qui vient
du sud, se trouve à l'aile gauche. Or le ms. fr. de la B. N., 1582, dit préci-
sément :

> Devers senestre vet Hervis assembler,

ce que Vigneulles, qui semble ici suivre ce manuscrit, traduit par « le
« noble duc se mist du costeil senestre et se fiert en la mellée. »

---

(1) La forme **Niez** est une des variantes orthographiques par lesquelles les documents messins
désignent la rivière de **Nied**.

On s'étonnera peut-être de ce qui, dans un travail sommaire, semble une digression superflue. Mais il s'agit tout à la fois et du noble duc Hervey de Metz « non convoitant à l'avoir fors que à l'honneur », et de la Nied Française, des villages, autrefois heureux, qu'elle arrose de ses eaux paisibles, et, contre toute justice, en dépit du nom que de temps immémorial elle a toujours porté, la Nied Française est Allemande.

PROLOGUE

Les chose ancienement advenues samble à aulcunes personnes bien
estranges et quausy incredibles, parce qu'ilz ne pensent point à la fondacion
d'icelles, et la cause coment ycelles choses peullent estre faictes et aduenues,
Et quant du fait des anciens ilz oyent pairler, ilz disent que se sont faubles
ou trovées. Mais je dis moy que en ce present livre n'y ait guerre de chose,
tant soit estrange et difficille à croire, que encor ajourd'ui ne ce faicent bien
chose plus merveilleuse selon le tempts qui court, et selon la maniere de
faire que nous avons à cest heure, tant en guere comme aultrement, au
regairt de la manier de faire qu'ilz avoient anciennement. Et encor daventaige je dis que s'il eust esté possible qu'en celluy tempts anciens et passeis
l'on eust troveis par escript vne cronicque des gueres et baitailles que
maintenant ce font et des grandes tueries c'on y fait tant, en artilleries
comme aultrement, il n'y eust heu homme pour l'heure qui l'eust vollu
croire et qui n'eust dit que c'estoit menterie. Et au regairt de ce que

1

la belle Beautrix, fille au roy Hutasse de Tir, fut prinse et ravie comme cy
après serait dit, ce n'estoit que chose toute commune pour celluy tampts
de ainsy faire Et trove l'en moult d'aultre histoires qui en font mencion,
comme il avint de la belle Hellainne ès histoires de Troies, et en Titus
Livius au fait des Romains, en Ovide de Meteamorphoze, et en plusieures
aultres. Mais en laissant lesdictes cronicques et histoires, que l'en polroit
dire estre apoucriffe, jay ce que moult d'istoriograffe en aient escripts
et en font mencion, sy aveis vous bien en la saincte escripture et en la
saincte bible au XXᵉ chaipitre, comme Sichem, le filz Emor, ravit et
efforsait Dine, la fille de Jacob et de Lya, de quoy moult de mal advindrent,
Car Simeon et Levy, dequelle saillit la lignie sacerdotalle, les deux frere
de Dine, en prindrent cruelle vangeance. Oultre plus de cest presante
cronicque, moult de chose s'en monstrent eucor aujourd'uy, tant de la
sepulture à duc Hervy, lequel gist en l'eglise et monastere de sainct
Arnoult devent les pourte de la cité de Mets, auec plusieurs aultres de leur
lignies, et de la sepulture de la belle Beautris sa femme, qui pareillemeut
gist ou cloistre du dit monester, comme aussy du Lhorains Guerin, que
gist au grant moustier de Mets tout enthier en vng sercus dé pierre
hault elleveis, et le peult on veoir, comme cy après serait dit.
Pareillemeut voit on encor le gerdin et le lieu anciennement fabriquez, fors
que du nueuf ouvraige que puis peu de tamps l'on y ait reffait, là où fut
prinse la dicte Beautrix, lequelle gerdin est auprès de l'eglise Nostre
Damme aux Champs devent la dicte cité de Mets. Et pour ce, je Philippe
de Vignuelle le marchamps, à l'honneur de Dieu et de la cité, ay heu
deliberé de meistre la dicte histoire de ancyenne rime et chansson de
geste en prose par chapitre, et au plus brief que j'è peu ne sceu. Et la cause
pourquoy que l'istoire est de grant excellance et merveilleux fait d'armes,
laquelle se lessoit du tout à lire et n'estoit quasy plus memoire d'icelle,
parce que moult de gens n'entendoient pas bien le langaige de quoy l'on
soulloit huser, ne ne prenoient plaisir à le lire, pour l'anciennetey dicellui,
et weullent les gens de maintenant avoir chose abregée et plaisante, car
les esperit deviengne tout les jours plus agut et soubtille. Pour ce aduertis
à tous les liseurs et auditeurs d'icelle histoire que moy l'acripvains l'ais
abregées, et que partout là où vous trovaircis ainsy escript « pour

abregiés, » quant ainsy trovereis lisant, c'est à dire qu'il y ait en l'ancienne
histoire quelque grant procès de parolles inutille, lesquelles j'ay lessié
pour eviter prolixitey. Et pour ce, je, Philippe dessus dit, prie et supplie à
tous les lisant et audicteurs d'icelle, que mon ignorance weullent supporter
et corrigier les faulte que y sont, car je ne suis pas esseis saige ne lestrés
pour cy haulte ewre entreprandre, et ne l'ait fait sinon pour mon plaisir
et paisse tampts.

PREMIER CHAPITRE

En celluy temps advint que en la noble cité de Mets avoit vng duc de grant auctorité nommey Pierre, lequel estoit duc et seigneur de toutte Astrasie et estoit prince bien renommeis par sa grant largesse et puissance. Et avoit vne noble damme à femme ; mais ensy comme fortune touche et frappe de son dairt aussy bien aux grans comme aux petis, ladicte duchesse sa fenme morut et demeurait vefve ledict duc Pierre. D'icelle mort demeurait ledict duc moult triste et dolant et ne prenoit confort en luy ne en chose vivante, que en vne belle jeune fillette saige et bien aprinse nommée Aeilis, laquelle pour tous hoirs luy estoit demeurée de la feue duchesse sa femme. Icelle fillette Aeilis creust en toute beaultey, et pour l'amour d'icelle ne se volt jamais ledict duc remarier. Neantmoins il fut homme de si grant largesse et de si grant prodigalitey qu'il despendoit tout le siens, c'est assavoir en tournoix et en jouste, luy et sa barronnie. Et en parloit on en plussieurs pais et regions. Et tellement despendit ledict duc qu'il ne luy demeurait gaige à angaigier. Et fut sy apovry par sa folle largesse qu'il ne sçavoit que dire ne que faire. Et ne sçavoit ou plus rien prandre, s'il ne vandoit Mets ou aultres terres ou seigneurie. Porquoy nul prince estrange ne priveiz ne venoient pour demander sa fille Acilis en mariaige, dont il en fut formant desplaisant, considerant quelle estoit desjay en eaige, dont se luy estoit grant honte et vergongne. Or estoit icelluy duc homme de bonne conscience, et qui craindoit Dieu, et qui tenoit son pais bien en paix, sans le taillier ne gabeller. Parquoy tous merchamps et toutes aultres gens vivoient et se anrechissoient dessoubz luy. Et n'estoit point icelluy duc comme sont aujourd'uy beaucopt daultres princes par la crestientey, lesquelx pour leur plaisant ou proffit particulier, gectent vne grosse taille et font paier de grant gabelles à leur subgectz sans cause et sans raison, dont le povre peuple se sant sovant foullez et apovris. Mais icelluy duc Pierre ne faisoit point ensy. Car jamais n'eust souffris que taille ou levée se eust fait par son pais sans grant et juste cause, et par bon conseil et advis et grande deliberacion sur ce heue, et que ce eust estei pour vng grant et juste cas. Et pour ce, considerant que prodigallement avoit despandus le siens, ne volut icelluy souffrir que son peuple fut foulleis ne tailliés, comme dit est, jay ce que soubz luy y heust de moult grans et riches merchamps. Entre lesquelx en y auoit vng en sa cité de Mets qui estoit tant riches c'on ne le pouoit estimer. Et estoit tenus pour l'ung des riches merchamps du monde, tant sus mer que sus terre. Et estoit chose merveilleuse et incredible du grant avoir et des grant terres et possession que icelluy merchamps avoit. Et fit celluy merchamps faire et fermer plussieurs chasteaulx et fermetey par le pais de Mets et de Lorrainne, car il estoit trop plus riches que le duc son seigneur. Or avoit icelluy merchamps V beaulx filz, entre lesquelx le plus annez se nommoit Thierey, duquel le duc en fist son prevost, car estoit l'ung des beaulx personnaige que l'on sceust trover ne veoir. Sy advint que en celluy temps celluy merchamps morut, par quoy la plus pairt de tous ses biens demourairent audit prevost Thierey. Lequel en marchandait comme auoit faict son feu pere et frequentoit toutes foires et merchiés, tant sus meir que sus terre, tellement qu'il asscmblait si grant tresors que estoit vne chose infinie. Car pour celluy temps estoient les pais si en paix, c'on n'y oyoit parler de murtrier, ne de larron, mais alloient et frequentoient les pellerins et merchamps à leur volunteis.

CHAPITRE SECOND

Comment le duc Pierre mandait le conte de Bair et plussieurs
aultrez ses parens, et du conseil que luy fut donneis touchant
le mariaige de Aeileis sa fille.

Or parlons du duc Pierre, lequel vng jour mandait le conte de Bair
son parent, avec plussieurs aultres nobles, ses parens et amis, qu'ilz venissent
parler à luy en Mets, sa noble cité. Lesquelx venus, se print à delouzer
à eulx disant ainssy : « Seigneurs et amis, je vous ay icy mandeis, pour vous
dire et desclarer la grant povreteis où je suis cheus par ma grant largesse
et prodigaliteis. Car je suis si trés endebteis de toutes pars, que je ne sçay
plus que faire, se je ne vans ma noble cité de Mets, et aussy ma duchié de
Lorrainne. Pareillement veez cy ma fille à marier que nulz prince crestien
ne demandent en mariaige, pource qu'ilz sçavent ma grant povreteis et
indigeance, dont je suis fort marris, triste et dolant. Et pour ce, mes amis,

vous ay mandeis pour vous demander conseil et advis que je poulray faire. »
Et adoncques se levait en piedz vng maulvais homme et plains de malvais
conseil, lequel, comme aujourd'uy beaucopt de malvais conseillers font,
se print à dire ainsy : « Trés redoubté sire, puis que conseil demandeis, je le
vous donrais bon et comme pour moy j'en feroie. Il est vray que soubz
voustre seigneurie vous aveis plussieurs riches merchamps, èntre lesquelx
aveis vng prevost qui est riche merveilleusement, et tellement c'on ne le
seet estimer ; et vous sçaveis, sire, que son corps et ses biens sont vostre ;
si les preneis et en paiés voz debtes et vous afranchisseis ; encor en aurait
il asseis du rest pour lui entretenir. » Et adoncque le Duc enclinait son
chief, et d'une grant piece ne dit mot. Et quant il olt bien penseis, il dit :
« Vraiement, seigneur, vous me donneis malvais conseil, que voulleis que je
oste les biens de mon prevost. Car dez longtemps et par plussieurs jours
il m'ait moult loiaulment servy, ne jamais ne trovay en luy que toute bonté
et honneur. Et est mon prevost homme si loiaulx, qu'il heit tout riche
fellons et orguilleux et ayme tous povres juste et loiaulx, et si ne sçay
homme qui de luy se mescontante. Au surplus il est tous les jours sus les
champs et prant grant peinne pour multiplier son tresor, et se j'ay
despandus mes biens par ma folle largesse, que en ait à comparer mon
prevost ? Il m'ait moult leaulement servy, dont n'est pas raison que je luy
oste ses biens ne son avoir. » Et à ces mots ce levait le conte de Monmelliar
et dit ainsy : « Trés redoubté seigneur, se vouleis entendre à moy, aultre
conseil vous donray. Vous sçaveis que vostre prevost Thiery est homme
proudon, juste et leal, et n'y ait en dix pais plus vaillant ne plus biaulx
homme de luy ; et avec ce, n'ait pas plus de XXXII ans d'eaige. Donneis luy
en mariaige Aeilis vostre fille, et alors preneis de son avoir et vous en
acquicteis ; et ce fait vous luy mettreis vostre terre ès mains jusques qu'il
soit ramborceis. » Et ad ce que le conte avoit dit, se tindrent tous les grans
et petis, et meisment le conte de Bair son cousin luy lowait cestuit conseil.
Et daventaige luy dit : Sire, vous aveis voulenteis d'aller en Jherusalem
le sainct sepulcre aourer. Quant le prevost Thiery arait espouseis vostre
fille, preneis de son avoir ce que vous en serait mestier, tant pour affranchir
vostre terre, comme pour parfaire vostre voiaige, et si mandeis tous voz
gens, nobles et jantils, et tous ceulx qui de vous tiennent terre, et leur

faictes faire feaulté à vostre prevost Thiery jusques vostre revenuée, et s'il
ait enfans vostre fille Aeilis, si soit seigneurs du pais apres vostre mort. »
Et de ces parolles fut le duc trés contant et joieulx.

Comment le duc Piere donnait sa fille Aeilis en mariaige à prevost Thiery
et de la feste qui y fut faite.

Comment après la feste passée, le duc Pierre lessait le pais en garde à
prévost Thierey, son genre, et s'en allait oultre meir.

Comment l'enffant Hervix fut neiz, et comment après ce qu'il fut grans,
de tout son cueur desiroit à excercer les armes et à estre chevaillier.

Comment l'enffant Hervys fut par son pere envoiés avec son oncle à la
foire à Provins maulgrey luy, et comment il festoiat les marchamps.

Comment ledit Hervis donnait tout son avoir pour ung destrier, des chiens
et ung oiseaulx, et comment il s'en retournait à Mets, et trouvait son oncle
en chemin, lequel fort le tenssait.

Les deux chapitres précédents, les premiers du roman, ont été reproduits *in extenso*,
à raison de certains détails intéressants qu'ils renferment au point de vue de la topo-
graphie et de l'histoire de Metz ; nous nous contenterons pour ce qui suit de donner
les titres des chapitres de l'ouvrage.

Comment après ce que le prevost sceust les nowelles que son filz retournoit, montait à cheval et luy allait à devant, et comment il le frappait, quant
il sceust la verité de son amploit, et du mal qui en cuidait venir.

Comment le roy Eustaiche de Thir avoit une belle fille nommée Beautrix,
laquelle fut demandée en mariaige par le puissant roy d'Espaigne.

Coment le roy Hutaiche, sçaichant leur venue, leur aillait au devant à belle
compaignie, et comment les trois roy dessus nommés ce presentairent devant.
Sa Magnifficence et en touttes honneurs l'ont salués.

Coment le noble roy Hutaiche mist Beaultris, sa fille, en garde à ung sien
noble homme nommés Baudrey, et comme le dit roy et la royne ç'en allairent
en Honguerie veoir le roy Fleur, leur filz.

Coment Beaultris avec ces trois pucelles, à ung mattin, en maye, sont
œntrée en ung gerdin, de quoy grant malz advint depuis.

Coment Beaultris fut prinse et ravie par X escuiers passans d'estrange
terre, lesquelles l'emmenairent, voussist ou non, et coment Baudry menait
grant deuil et fist corrir après.

Coment Baudrei ce palme de doulleur, quant il sceust le ravissement de
Beaultris la belle, et coment à toutte diligeance il fut corrir après.

Comment le roi Eustaiche et la royne sa femme estoient en Hongrie et
comment ladicte royne songeait ung songe et cheut toute pasmée, quant
elle sceut les nowelles de Beautrix, sa fille, et du dueil qu'ilz menarent.

Comment les dix escuiers desiroient à sçavoir le nom de Beautrix, et son
lignaige, et comme depuis se volurent entretuer pour la beaultey d'icelle.

Comment le gentil Hervix, luy estant à Paris, fit une mervelleuse
despence, comme lisant trowaireis.

Comment un jour que Hervy alloit à l'esbat au loing de la ripviere,
rancontrait la belle Beautrix avec les dix escuiers, et des parolles qu'ilz
eurent ensemble.

Comment le gentil Hervys achectait la belle Beautrix en la main des dix
escuiers, et fut ce fait en l'an VIIᶜ et XXIII.

Comment, en faisant le marchiés, le noble Hervix fut espiés par trois
juvanciaulx, malvoys garsons, lesquelx luy cuidarent oster la belle, et comme
le pris du marchiés fut paiés, et escheppait le noble Hervis de leur mains
par sa proesse et vaillance.

Des pleurs et lamentacions que faisoit la belle Beautris pour mort des deux hommes tués, et comme elle donnait conseil au noble Hervix de soy destourner du chemin.

Comment, après ce qu'ilz eurent chevalchiez tout nuit, une lacheteis print à Biautrix et cuidait morir ; et comment aprés ilz chevalchèrent si roudement qu'ilz ont ratains ces oncles, ausquelx Hervis olt grand debat pour Beaultris qu'ilz ont putains appellée.

Comment à l'arivée qu'ilz firent, le prevost Thiery leur vint au devant auprès de Mets, et du debat que fut entre luy et Hervix, aussi des parolles que ledit prevost en eust à la duchesse sa femme.

Comment le prevost Thiery fist bannir à tousjourmaix l'enffant Hervis, luy et Beautrix, de Mets et de tout le pais, et des lamentacions que la duchesse en fasoit.

Comment le noble Hervix se mirent en voie, luy et la belle, pour s'en aller à leur adventures, et des parolles qu'ils eurent ensemble.

Comment ung noble bourgeois nommeis Baudris, à la requeste de sa femme, ramenait le noble Hervis en Metz, et comment ledit Baudris obtint graice du prevost, son sire, de soustenir Hervix.

Comment le prevost Thiery fit faire de nouveaulx ung huchement, que nulz ne ce acompaignit, parlait, ne favorisait à son filz Hervy, et des parolles que le noble Hervis eust à la belle.

Comment Hervy espousait la belle, maulgreis en eurent tous ces parens.

Du grant dueil que le prevost et la duchesse sa femme menerent quant ilz sceurent la verité de ce mariage.

Comment le Lhorrain Guerrin et Baigue de Bellin, son frere furent engendreis et neis et du lignaige qui en sortit depuis.

« Or escouteis pour Dieu chose merveilleuse, et je vous diray en brief comme tesmongne la vraye histoire qu'il en avint. Le jour des nopces se passait en grant joie dudit Hervis, et tant que icelle nuyt coucherent ensemble les deux vrais amoureulx ; si engendrait ledit Hervis en la belle Beaultris sa femme ung filz, lequel elle pourtait neuf moix. Et au bout du terme elle en delivrait, et fut pourteis aux saincts fons de batesme, auquel fut baptisié et eust à nom Guerrinet, lequel depuis fut nommeis le Lorrain

Guerin, et duquel le corps gist encor à ceste heure tout enthier au grant moustier de Metz en un sercuel de pierre, et le voit qui veult..... »

Du messaigiés de France qui dict au gentil Hervix nouvelles du tournois c'on avoit criés en France.

Comment Hervis fut montcis et armeis, puis print congié de Beaultris, sa femme, de Baudris, et de toute la bourgeoisie.

Comment ledit Hervis entrait à Sanlis, et du bourgeois qui le festoiait pour l'amour de son pere.

Comment au lendemain Hervis conquestait le tournois, auquel il print le conte de Flandres, et le rendit au conte de Bair, son parent.

Comment le conte de Bair fit serchier partout pour trouver le jeune escuier, qui le tournois avoit conquis.

Comment Hervis se partit de Sanlis et s'en allait par divers païs serchant des adventures.

Comment plusieurs des seigneurs de Lorrainne, qui au tournois avoient esteis, vindrent à Mets, et des parolles qu'ilz eurent au prevost touchant le juvenciau qui avoit conquis le tournoix.

Comment, après ce que le noble Hervis eust tout despendus l'argent qu'il avoit en serchant ses adventures, s'en retournait à Mets, comme dit est, et trouvait Beaultris accouchée d'ung beaulx filz.

Comment par plusieurs fois Hervis s'en allait par le païs serchant jostes et tournois, ausquelx il despendit si grant avoir que Baudris son beau frere en fut mis à poureteis.

Comment Baudris, congnoissant la grant poureteis où il estoit, fit dire par sa femme à Hervis qu'il se despartit de leans, et du drapt de soie que Beaultrix fit.

Des devises que Beaultris eust avec Hervis touchant du draps de soie, et comment elle luy enseignait à le porter en la cité de Thir et le vandre.

Comment le noble Hervis s'en allait en Thir, et des regretz et lamentacions que la belle Beaultris faisoit.

Des parolles que Hervis eust avec Baudris de Thir, pour le fait du luaige de sa maison et des bordes que ledit Hervis luy fit entendant.

Comment Baudris luait la riche boutticles pour Hervis durant la foire et demourait du pris, et des devises qu'ilz eurent ensembles.

De la grant despence que le noble Hervis fit faire à Baudris en festoiant plusieurs marchamps.

Des pleurs et lamentacions que fit Baudris pour la grant despence qu'il avoit fait, et comment le noble Hervix le reconfortait.

Comment le noble Hervis vint à la congnoissance de la belle Beaultris et de son lignaige, et comme il mit le riche draps en vendaige.

Comment Fleur, roy de Hongrie, vint en Thir, pour veoir le roy Eustaiche, son pere, et des regretz qu'il fit quant il congnut paint en riches draps la figure de sa seur.

Comment le roy Fleur volt acheter le riche draps et des parolles qu'il en eust avec Hervis.

Des rigourises et injurieuses parolles que Baudris dit à Hervix pour ce qu'il ne vandoit ledit draps.

Comment Fleur arrivait au pallais, et des parolles qu'il eust avec le Roy Eustaiche, son pere, touchant de ces guerres et du riche draps, et comment la Royne demandait ung don au Roy, son marry.

Comment le roy Eutaiche à la requeste de la Royne vint acheter le riche draps, et des parolles qu'il heust à Hervis.

Comment Baudris se gectait aux piedz du Roy, priant qu'il fut paiés, et comment le Roy luy redonnait toute sa terre, et des pleurs et regrès que la Royne faisoit.

Comment à la requeste de la Royne, le noble Hervis fut assailli de tous cousteis, et de la grande resistance qu'il fit en monstrant sa proesse.

Comment plusieurs marchans de la cité vindrent vers le Roy, et des parolles qu'ilz eurent à luy pour la delivrance dudit Hervis, et firent tant qu'il fut paiés, et comment la Royne en menait grant duel.

Comment, pour complaire à la Royne, le roy Fleur envoiat Gille et Henry, deux à pié après Hervis, pour congnoistre et enquerir nouvelle de la belle Beaultris.

Comment Hervis aprestait son herre et ces somiers, et se mist en chemin en la conduicte de XX bourgeois et XX varleis, et comment les XX bourgeois, l'abandonnarent pour la doubtance de Humbaus le larron.

Comment Hervis donnait congiés à ces vingt bourgeois, et armait ces vingtz varleis au lieu d'iceulx.

dris, et comment, quant il sceut la vérité de son filz, se mist en chemin à belle compaignie.

Comment le prevost Thieris montait à cheval, luy et ces gens pour venir au devant de son filz, et comment il le cuydoit baisier et accoller, mais Hervis le reboutait arrier, non le vollant acoller, ne ouyr, et des parolles qu'ilz eurent ensemble.

Comment les nouvelles furent tantost espandues par la ville du retour de Hervis et de la noblesse de Beaultris, parquoy toutes ces robes et juaulx luy furent raporteis francz et quictes.

Comment le prevost Thieris, doubtant la fureur du peuple, vint crier mercy à la noble dame Beaultrix.

Du noble recueille que firent les bourgeois de Mets à leur seigneur Hervis, et de la joie qu'il eust, voiant sa femme et ces enffans, et de l'honneur qu'ilz luy firent.

Comment la noble Beaultris demandait à Hervis ung don, et coment la paix fut faite entre luy et son perre.

Comment, après que l'accort fuit fait du prevost et de son filz, ledit prevost luy fit plusieurs beaulx dons, et de la joie que fut faicte au pallais.

Comment tous les princes et seigneurs du paraige au duc Pierre furent mandeis, et du beau recuil que leur fut fait.

Comment les princes et seigneurs se abandonnarent au service du prevost Thiery, et de la joie qu'ilz eurent quant ilz sceurent le noble sang dont estoit issue Beaultris, et des devises qu'ilz eurent touchant le duc Pierre et de Hervis.

Comment le prevost Thieris contait aus seigneurs le gouvernement de la jounesse de Hervis, et dez riche nopce qui luy fit faire, et des dons qu'il y donnait et de la noble Beautris, sa femme.

Comment le noble Hervis fut adjurés par les seigneurs dessus dis et par Beaultris, sa femme, à sçavoir mon c'il avoit point esteis au tournoy à la cité de Sanlis, et de la joie qui en fut.

Comment ung messaigier vint, qui apportoit nouvelle que le duc Pierre retournoit d'oultre mer avec infinies richesses, et du bon cheval qu'il ramenoit.

Comment les rues de la cité furent encourtinées, et s'en allait le prevost Thieris avec toute la noblesse au devant du duc Pierre, et du recuille et des parolles qu'ilz eurent ensemble.

Comment ung messaigier vint anoncer au noble Hervis, que ces annemis estoient sus les champs qui avoient accuillies grosse proie, et coment
ledit Hervis leur alloit à l'encontre et se mist en ambuches.

Comment le gentil Hervis vint au devant de ces annemis, et comment il
jostait contre le conte de Guelrdre, et le ruait par terre et rescouyt la proie.

Comment les nouvelles de celle desconfiture et rencontre sont venues
au roy Anseys, et du dueil qu'il en fit, quant il veit son nepveulx ainsy
blessé.

Comment le noble Hervis arrivait à Nyvelle avec sa proie et des devises
qu'il eust au duc Pierre, et comment ilz se mirent en voie pour aller donner le secours à Lowain.

Comment l'ost au duc Piere et de Hervis arriverent à une lue près du
roy Anseys, et comment ilz envoierent Thieris devers le roy Anseys faire
ung messaige.

Des parolles que Thieris ait dit au roy Anseys et de la responce que le
Roy fit à Thieris, et comment journée fut mise au londemain.

Comment le noble Hervis fit commender que chascun fut prestz et en
point pour le londemain, et comment le messaigier de Lowain vint parler
à Hervis, lequel fut par ledit Hervis renvoié à Brucelle, et des parolles
qu'ilz eurent ensemble.

Comment le roy Anseis mandait ces gens en son ayde, c'est assavoir le
roy de Frize, l'evesque de Liège, qui estoient devant Brucelles, et comment
le messaigier de Lowain vint audit Brucelle, et comme chascune des
parties ordonnerent leur eschielles et batailles.

Comment ung joune chevalier oultrecuidiés se partit de la battaille et
requist le noble Hervis de joste, et il le persait de part en part.

Du dueil que le roy de Frize menait pour le joune chevallier mort et
tué, et comment les deux ostz se frapperent les ungs parmey les aultres et
des waillance que y furent faictes.

Comment le roy de Frize fut rencontreis du preu Hervis, et fut le dit
roy rués par terre et navrés, et en adventure d'estre prins, et comment ledit
Hervis gaingnait la battaille et mit ses annemis en fuyte, et du grant buttin
que y fut conquis.

De la feste et triumphe que fut faicte dedens Lowains pour icelle victoire, et des devises que le duc Pierre olt aux Braibansons, et comment l'enteprinse (sic) fut d'aller devant Collongne.

Comment le roy Anseys ne finait de fouyr, si vint à sa cité de Collongne, et des devises qu'ilz eurent luy et la Royne, sa femme.

Du dueil que fit la royne de Frize, voyant son marrit ainsy navreis, et comment le preux Hervis fit reparer les murs de Lowain.

Comment roy Flour de Hongrie s'en vint à Mets avec Gille et-Hanry, et des loanges qu'ilz donnoient à la cité, et comment il envoiat Gille et Hanry parler au prevost, et des bourdes que ledit Roy fit, entendant parquoy il fut du prevost receu.

Comment le roy de Hongrie, luy estant en guise de marchanps, louait le beau gerdin pour soy tenir, et du riche convine qu'il y fit.

Comment ung jour que le roy Flour vint à Mets pour ouyr le service divin, le joune-enffent Guerrin donnait au dit roy ung si grand copt de baston que le sang en vingt après.

De la trahison et malvetiés que conspirait roy Flour contre Baudris, et des parolles deceptives qu'il luy donnait à entendre pour venir à son entente.

Comment Braudris (sic) tentait la belle pour la mener au vergier contre sa volonté, et des songes qu'elle songeat, et des parolles et devises qu'ilz en eurent ensembles.

Comment roy Flour les enfermait en une salle et se fit congnoissant, et comment il fit estroictement loyer Baudry à une estaiche avec l'escuier et les damoiselles, et des regretz et lamentacions que la belle faisoit pour son mary et ces enffans.

Comment la femme Baudris vint au prevost son pere se complangnant de ce qu'elle n'oyoit nouvelle de Beautris, ne de son seigneur, et comment le prevost, accompaigniés de plussieurs ces amis, vindrent rompre les huys du manoir là où Baudris fut trouvé en grant pitié.

Comment après ce que le prevost sceut au vray les piteuses nouvelles du ravissement de la belle, fit courrir plusieurs après, et des piteulx regretz que pour elle faisoit la duchesse et aussy Baudris paireillement.

Comment les piteuses nouvelles furent mandées en Braibant au noble

Hervis et du dueil qu'il en menait ; et comment il se deliberait d'aller après à la reconquester.

Comment après ce que le noble Hervis fut partis luy et ces gens, une espie le vint noncier au roy Anseis de Collongne, lequel fit incontinent de rechief nouvelle armée pour assaillir le duc Pierre.

Comment le roy Flour mandait au roy Eustaiche leur venue, et des bourdes qu'il luy faisoit entendant, et de la joie que le Roy et la Royne en eust, et comment la noble damme Beautris menoit si grant dueil pour ses enffans que nulz ne la povoioit conforter.

Comment le roy Flour envoiat Gilles et Hanry au puissant roy d'Espaigne, lequel faisoit grosse armée pour destruire le roy Eustaice, et comment il envoiat les trois rois en Thir avec X mil hommes pour luy amener la belle.

Du conseil que roy Flour donnait à son pere, et des presens que le roy Eustaiche envoiait en Espaigne.

Comment le noble Hervis aprochait Thir de VI journées, et envoiat Thieris devant en abis dissimuleis pour enquerir du fait et la volunté de la belle, et comment il entrait en la cité en abis de pellerins.

Comment les trois rois, ambaixades du roy d'Espaigne en Thir, et du recueille que leur fut fait, et comment la noble Beautris fut richement accoustrée.

Comment Thierry fit tant par cautelle qu'il fut receu en salle au disner, comme pellerin, et de l'anneau qu'il monstrait à Beautris, par quoy secretement elle volt parler à luy, et des devises qu'ilz eurent ensemble.

Des bourdes que Beautris fit accroire au Roy son pere, et aux aultres rois ambaixades, et pareillement à sa mere ; et comme les presens furent prestz et em point pour partir.

Comment Thieris rencontrait Hervis à deux journées près de Thir et luy contait tout le fait de Beautris, et avec ce luy enseignait comment il se debvoit maintenir, puis ont tant chevalchés qu'ilz vinrent près du bocquet.

Comment le roy Eustaice fit tant que toutes choses furent prestz et em point pour partir et des enseignemens que la Royne donnoit à sa fille, puis la commandait à Dieu et se mirent en chemin.

Comment Beaultris demandait un don à son pere et à Flour son frere,

et comme ledit Flour se corresçait de sa demande, et des parolles fainctes
que la belle fit accroire aux aultres roys espaignolz pour venir à son entente.

Comment le noble Hervis envoia Thiery pour espier les Espaignolles,
et comment ilz se mirent en voie pour les assaillir.

Comment le noble Hervis de grant couraige ce fiert sus ses annemis et
de la vaillance qu'il y fit luy et les siens, et comment Beautris songeait un
songe et parlait à Hervis, de quoy luy creust la force, tellement qu'il gaingnait
la battaille et mist ses annemis en fuyte.

Du bon conseil que Beautris donnait au preu Hervis et du grant buttin
qu'il conquestait.

Comment le vaissal qui escheppait de la bataille vint noncer au roy
Eustaiche et à Fleur, son filz, les piteuses nouvelles, et du deuil qu'ilz an
menerent et comment chascun corrut après.

Comment la gueite des champs anunçait au preu Hervy la venuee du
roy Flour, et comment ledit Hervis mist Beaultris oultre le pont à salveté
en la garde de C chevaliers.

Comment le gentil Hervis vint au devant dudit roy Flour et se humiliait encontre luy, et des iujurieuses parolles que le roy Flour luy disoit,
puis comment Hervis se deffendit de sa fureur, et de la desconfiture qu'il y fit.

Comment Beaultris veit venir le roy son pere, et comment par son conseil
le noble Hervis se mist à saulveteis luy et ses gens oultre le pont, et du dueil
que le Roy menait pour l'amour de son filz Fleur.

Des devises et parolles qu'eust le roy Eustaiche au preu Hervis et à
Beautris, sa fille, et comment ledit Hervy se humiliot, et du dueil que la
Royne eust, quand elle sceust les nouvelles..

Comment les trois roys ambaxades sont en Espaigne retournés et du
dueil que leur roy fit quant il sceut les piteuses nouvelles, et comment il fit
crier son ban pour à Méts mestre le siege.

Comment le roy d'Espaigne envoiait ses messaigiers au roy Eustaiche
et des menasses qu'il luy faisoit, s'il ne venoit luy et son filz en son ayde
pour assegier Mets.

Comment le preux Hervy envoiat Thierys devant anoncer sa venuee au
prevost son pere à Metz et de la grant joie et feste qui fut faite par toute la
cité pour leur retour et victoire.

Comment Baudris s’en estoit aller couchier, et de la feste qui se fit, et des presens qui furent donneis, et comment par la subtilité de sa femme, la paix fuct faicte dudit Baudris et luy pardonnait Hervy son mal talant.

Comment le duc Piere envoiat à Metz ung messaigier demander secours à toute haiste, ou sinon il luy fauldroit rendre Lowain, et de la responce que fut donnée au messaigier.

Des menaisses et reprouches que faisoit roy Anseys au bon duc Piere et des humbles responces que luy faisoit ledit duc Pierre.

De la joie que eust le duc Pierre, quant il sceut le retour de son nepveulx et de sa femme, et aussy pour le secours qui luy debvoit venir, et comment il mandait ces nouvelles dedans Brucelles, de quoy ilz furent tous resjois.

Comment incontinent après ce que le messaigier se fut partis de Mets, le noble duc Hervis fit assembler gens de tous cousteis, et comment il recommendait Mets à son pere, et sa femme et ses enffans mist en garde à la duchesse sa mere, et des parolles qu’il eust à aulcuns bourgeois de la cité.

Comment le gentll Hervls euvolat defller le roy Anseys, et lui assiguait jour de battaille, et comment le roy Odart d’Escousse donnait jour audit Hervy de combrattre (sic) à oultrance corps à corps.

Comment les deux champions furent noblement et richement accoustreis et monteis, et quelles gens furent à les ayder à armer.

Comment le conte de Bair mit gens en ambuche pour ce grarder (sic) de trahison, et comme les deux champions entrerent en champs et se sont défiés, puis si ont tués leurs chevalx et, en eulx donnant plusieurs coups, ait le Roy rompus son espée, de quoy le preu Hervy luy fit grant courtoisie.

Comment le duc Pierre parlait à ses barons et requist au roy Anseys de faire paix et accord du roy Odart et de Hervy, son nepveulx, et comme ledit Odart n’en volt rien faire.

Comment Hervy perdit sa bonne épée, et depuis la recouvrait, de laquelle il donnait grant horrion au roy Odart, et comment Escoussois par trahison luy vindrent corrir sus, et des vaillances que ledit Hervy fit et fut prins le dit roy et anmeneis.

Comment la bataille se renforçait et fut le roy de Galles prins et enmeneis dedans Lowain, et comment, après plusieurs fais d’armes le roy,

Anseys se mit en fuyte luy et ses gens et s'en allait à Collongne, sa cité, devent laquelle allait Hervy metre le siege.

Comment le puissant roy d'Espaigne, accompaigniés de IX roys corronneis, vint devant Mets mettre le siege, et copperent vignes et gerdins, et des complaintes que la belle en fit, et comment l'enffant Guerrin et Begonnet requirent Beautris leur mere d'estre adoubeis et des parolles qu'ilz eurent ensemble.

Comment Beaultris la belle envoiait Girard, nepveulx Baudry, en Braibant, dire ces nouvelles au preux Hervis, et du dangier auquel il fuit.

Comment Gerard fut prins et detenus et fuit examineis du roy d'Espaigne, auquel il cognut tout son fait, et fut ledit Gerard meneis aux fourches et en dangier d'estre pendus, et comment, à la requeste de Baudris, fut tout le peuple armeis pour à Gerard donner secours.

Comment l'enffant Guerrinet estoit corroscié contre sa mere, pour ce qu'elle ne l'armoit, et du peuple messains, qui à Gerard donnait secours et le salvait, combien qu'ilz furent assaillis et des Espaignolz deschassez et desconfis.

Comment l'enffant Guerrinet se fit adouber et armer par son parrain sans le fait de sa mere ; et comment il rassemblait ses gens et se frappait en la mellée là où tuat le duc Amier, et donnat grant coraige à ces gens.

Comment l'enffant Begonnet donnait à Hanry, son maistre, sur le visaige pour ce qu'il olt Beautris, sa mere, et comment Thierry, le bon prevost, conquist chevalx et armes, desquelles il armait Gerard, et le fit sortir de la battaille, pour aller en Braibant.

Comment l'estour fut si grand et fier, ouquel Begonnet conquist chevalx et armures, et se armait, et fut le prevost Thierry prins et emmeneis au roy d'Espaigne, et coment par la vaillance de Begonnet, fut le roy de Navarre prins de ceulx de Mets, maix ledit Begonnet fut aussy prins des annemis, de quoy sa mere menait grand deuil.

Comment Gerard vint en Braibant et fut renvoiés à Collongne sus le Rin, là où il trouvait le preux Hervis, auquel il contait toute l'affaire, et du conseil que donnait le bon duc Pierre.

Comment Thierry à Collongne est arrivés, au Roy fit son messaige,

Comment les deux Roys auec Beautris la belle vinrent au deuant du duc Heruey

lequel s'en vint au camps pour parler au noble duc et des parolles qu'ilz eurent ensembles.

Comment la paix fut faite et crantée entre les princes, et promit roy Enseys de ayder et secourir au duc Hervis en toutes ses necessiteis et affaire ; aussy firent les aultres roys, et comment le noble Hervis les semout et requist de leur promesse.

Comment le puissant roy d'Espaigne donnoit souvent assault à Mets, et comment à l'ocasion des vivres, grant question cuydoit venir entre les citains l'ung l'autre.

Comment ung jour le roy d'Espaigne devisoit avec ses princes de la force de la cité ; et comment il se fit amener les prisonniers devant luy et donnait à Begonnet d'une verge sus le visaige, de quoy le dit Begon se corresçait et de ce qui en avint.

Comment le roy de Thir olt compassion de son nepveulx et des mains au roy d'Espaigne l'out preserveis luy et son filz Fleur, et comment ilz sont partis de luy en grant rigeur et de fait l'ont deffiés.

Comment les nouvelles vindrent au roy d'Espaigne de la puissante armée au duc Hervy, et du conseil que ses princes luy ont donneis, par quoy il mandait le roy Eustaiche et son filz Flour auquel ilz eurent accord, parmey ce que le Roy son nepveux luy fut rendus et q'il veit une fois Beaultris la belle.

De la grant joie que demenoit Beautris la belle, voiant son pere, son frere et ses enffans, estre accordeis ensemble ; et comment par le conseil de ses amis elle fut parée et accoustrée et hors de Mets au roy d'Espaigne elle fut monstrée, lequel, pour l'amour d'elle, fit plusieurs regretz et complaintes.

Comment Beaultris, la noble damme, envoiait ung messaigier au duc Hervis, lequel toute l'affaire luy contait et de la joie qu'il en fit.

Comment le noble duc Hervis envoiat Thierry à Mets se recommender au roy Eustaice, et à Fleur son filz et à tous les aultres aussy ; et comment les deux roys avec Beautris la belle, accompaignés de toute la noblesse, vindrent au devant de leur seigneur, et de la grant feste que fut demenée, puis retournait chascun en son pais.

Cy devant est finée la vie et histoire du duc de Lourraine et de Aelis sa fille; pareillement de la belle Beautris, fille à Eustaiche le roy de Thir, et seur au roy Fleur de Honguerie, et du noble duc Hervey de Mets, son bon mary, laquelle histoire, je, Phillippe de Vignuelle le marchamps, demourant audit Mets derrier St-Salveur, sur la rue des Bons Anffans, ait escript et translateis de chanson de geiste et rimes anciennes en prose et au plus brief que j'è peu ne sceu pour eviter prolissité, ainsy comme cy devant avés oy.

Premier orrés comment les Wandres et Hongres vindrent destruisans la crestienteis, et comment, après ce qu'il eurent faict plusieurs maulx, le roy Charles Marteaulx, qui pour ce temps regnoit en France, mandait tout le faict de celle piteuse guerre à Nostre Sainct Pere le pape, lequelz ung jour prins se trouva à Lion dessus le Rosne, avec plusieurs aultres clercs et grandes noblesses, et de la complainte que le roy Charles feist à Nostre Pere Sainct, et à touttes la clergies enthierement.

Comment Nostre Sainct Pere le pappe, d'un grant corraige qu'il avoit à crestienté et de la pitié qu'il olt dudit roy Charles, parlait à sa clergie, et volloit que ung chascun y mist du sien pour soûbtenir le fait de celle guerre, et comment l'archevesque Hanry de Rains contredict du tout à sa bonne volonté, par quoy le conseil fut rompus pour celle fois.

Comment le noble duc Herveis se levait empiedz et parlait haultement, et comment ledit archevesque respondit moult fierement, tenant toujours son oppinion, de quoy Nostre Sainct Pere se coressait, et abandonnait tout leur avoir avec les disons aux chevaliers, comme cy après trouverés lysant.

Comment le roy Charles fit assembler ses gens, et fit une grosse armée, laquelle il fist marchier devers Paris; et de la grant joie que fut lors menée dedans Paris pour la venue de cellui secour. Et coment les Wandres et Hongres, saichant leur venue, s'en allerent devant l'église de Saint Denis, la cuydant prendre et destruire, et là heurent du duc Hervis grosse et mortelle battaille, en laquelle fut tué le roy Charboche, et furent Sarrazins tous desconfis et mis en fuyte, comme en lisant vous trouverés.

Comment messaigiers furent envoiés de plusieurs cités devers le Roy pour luy demander secours et aide; et du conseil que donnait le noble duc

Ambassade de Charles Martel
vers le pape
et leur rencontre
à Lion sur le Rosne

Hervei de Mets; et comment le Roy, luy et XXX mil de ses gens, se mirent
en voie pour aller lever le siege des Sarrazins, qui lors estoient devant la
cité de Sens.

Comment ung soir arivait le Roy auprès de Sans, et comment, après
plusieurs parolles, il fit marchier ses gens, et furent Sarrazins si surprins
en leur dormant que plussieurs en furent mors et descoppeis, et leur grant
ost tout desconffit, et le rest s'en allait fuyant vers Troyes, comme cy après
vous serait dit.

Comment le noble duc Hervey de Mets, accompaigniés de XX mil
hommes, s'en allait devers Soixons, et de la joie qui en fut faicte dedans
la ville ; et comment d'aultre part, les Sarrazins furent armés, prest et en
point pour eulx deffendre, et y olt illec une merveilleuse battaille et grant
tuerie, entre lesquelx le duc Hervei y tuait Glontier, le puissant Sarrazin ;
puis de rechief tuait Godin, prince et chief de l'armée et furent Sarrazins
tous desconfis ; et comment une crois allant amont l'yawe fut trouvée, et
des miracles que Dieu y fit.

Comment les fugitif de la battaille de Soixons s'en allerent au siege de
Troye, pour en avoir les nouvelles, et comment le roy Charles Martialz
fit sonner cornes et bucines, et fit tous armer ses gens et desploier ses estan-
dars et se frappcient les ung parmei les autres, et comment, aprez plusieurs
grans fait d'armes que ledit roy y fit, il perdit la journée et fut par Mar-
coffle le paien tout desconfit, et y fut le dit roy navré en deux lieu de deux
espielz et en grant dangier d'estre prins.

Comment le noble duc Hervei de Metz marchait luy et son armée droit
à la cité de Troye, et comment, quant il sceut le dangier où le Roy estoit,
se armat luy et ses gens, et se ferrit en la mellé, en laquelle il rencontrait
le dit Mairofle et luy ostoit la vie du corps, et autant en fit au Burton et à
Golliart, lesquelx estoient grans seigneurs, comme vous orés, et comme
après Aquemal le paien tuait Saint Loup, de quoy le noble duc olt grant
despit et fit pour ce si gran vaillance d'armes pour resjoir le Roy que
Sarrazins furent tous desconfis.

Comment après la mort Charles Martiaulx et qu'il fust noblement en-
sepvellis, le noble duc Hervei fit corroner Pepin à roy malgrés en eurent
plusieurs contredisans ; et puis le donnait en garde au conte Herdre, et

comment, après qu'il eust reconfortés la Royne, print congié d'eulx tous et s'enviait à Mets, et du noble recuel que luy fut faict.

Du noble lignaige qui descendit du gentil duc Hervei de Mets et de la belle Beaultris, sa femme, fille de roy et de royne ; entre lesquelx y ot plusieurs vaillans hommes auz armes et gens de grant reputation, comme en lisant vous trouverés; et mectés vostre entente à en retenir les noms, et aucy de combien chascun leur appherthenoit, car plussieurs fois vous conviendrait retourner à ce chappitre, se bien voullés l'istoire entendre.

Comment les mauldis chiens infidelles, Hongres et Wandres, retornerent arriere à grant puissance en Galle et en Lorrainne, et mirent le siege tout devant Mets, là où ilz fyrent du mal beaucopt; et comment le noble duc allait eu France demander ayde et secours au roy Pepin, et du reffus que ledit roy fit audit Hervey par le conseil de Herdre et de Magis.

Comment après ceu que le Roy eust ainsy refuzés le noble duc Hervey, il s'en vint devers Cambray, et assemblait plusieurs de ses amis; puis comment il s'en allait droit à Collongne dessus le Rhin, et mist Mets ez mains du joune roy Anseys, et de la grosse armée qu'il fit ; laquelle il amenait auprès de Mets sus la riviere de Muzelle, comme en lisant vous trouverés.

Comment par le conseil du noble duc Hervey, qui donnoit corraige aux Allemans, furent assaillis les Sarrazins, et y olt une merveilleuse battaille, en laquelle furent tués plusieurs Hongres et Wandres, et furent enfin tous desconfis et mis en fuite, et comment à la chasse et pousuitte le vaillant duc y fut ferrus d'un quareau et trait d'arbellestre de boix, duquel copt le noble duc morut.

Comment, après la battaille finée, le roy Anceis retournait à Mets luy et ses gens, par quoy ceulx de la cité cuydarent que se fuissent les Honrges *(sic)* et Sarrazins, et cuidoient estre trahis, et s'en fuerent de tous cousteis, et comment entre iceulx y avoit ung noble homme nommés Bairengier, garde et gouverneur des deux jeunes enffans Garinet et Begonnet, lequel print iceulx enffans, et les menat à Chaalons devers leur oncle, l'evesque Hanry.

Comment par ung jour de Penthecoste, que le roy Pepin tenoit grant court et feste à Montlaon en France, l'evesque Hanry se avisait de y mener les deux enffans, et comment le Roy les rethint de sa maisgnie, et fit des

Coment le vaillant duc Harvey fut ferrus d'un quarreau, duquel copt le noble duc morut

biens par sus tous à Begonnet, duquel il fit son seneschault, et luy donnait la duchié de Gascongne, de quoy en sortirent plusieurs envies, comme cy après trouverés lisant.

Comment peu de temps après thint le Roy court à sa cité de Langres, en laquelle furent faitz chevaliers Guerrinet et Begonnet, Guillaume et Fromondin, et plussieurs aultres, et des jostes qu'ilz firent après disner, esquelles olt grant loange ledit Begoi, et commrent, durant celle feste nouvelles vinrent au roy Pepin du duc Richart de Normandie, qui estoit entrés en armes en France et destruisoit sa terre et son pais.

Coment après ceu que le Roy olt demandés conseil à ses amis et que personne ne respondoit, ne disoit mot, le vaillant duc Baigue se tirait près et print le fait tout dessus luy et de son frere Guerrin, et coment puis il fit son armée, et s'en allait encontre le duc Richairt, lequel il fit venir à mercy ; aussi coment il rendit obeïssante au Roy toute Flandre, Gascongne et Poitou, comme cy après vous serait dit.

Comment le Roy mist tant son amour aux deux enffans, qu'il leur livrait grant puissance de gens pour venir reconquester leur cité de Mets, et coment le conte Herdre les y servit et acompaignait, et fist tant ledit conte par sa praticque que la cité fut ostée à Anceis, roy de Collongne et fut rendue aux deux enffans sans coupt ferir.

Comment quatre roy payens vindrent assegier le roy Thierei en sa cité de Valparfonde, et firent iceulx paiens du mal sans nombre, tant en Normandie, comme en Averne, en Provance, en Morrienne, et en plusieurs pays, et comment ledit Thierey envoiait en France devers Pepin luy demandant ayde et secours contre yceulx faulx chiens Sarrazins.

Coment le roy Pepin fut bien embahis oyant le messaigier ainsi parler et en print conseil à ses amis, et de la responce qui fut donnée au messaigier par le conseil du conte Herdre, de quoy il fut fort mal content et se despartit de sa presence sans congié prendre.

Coment ung escuier se partist de court et s'en allait là où à l'heure estoit le duc Guerrin, et son gentil frere le seneschault Begon, et plussieurs aultres, et tout le fait leur contait comme cy devant avés oy, et de l'entreprinse que firent les jounes contes pour aller à l'ayde du roy Thierey et coment il firent retourner le messagier en court pour derechief parler au roy Pepin.

Coment par la remonstrance que le vaillant duc Guerin fit au Roy, luy et Fromont et plussieurs aultres, le Roy revocquait sa sentence et promist le secour au roy Thierrey, malgré en heust le conte Herdre.

Comment le Roy fit crier son ban et arriere-ban et mandait gens de tous cousteis, lesquelx se trouverent tous au jour dit à Lion dessus le Rosne; et comment le duc Guerrin requist au Roy qu'il feit chevaliers de ses nepveulx, et des joustes qu'ilz y firent, ausquelles sur tous aultres eust honneur Aubric le Bourguignon, et coment le Roy pour l'honneur de ses jounnes chevaliers volt joster et se eschauffait tellement en son harnais, qu'il en cheut au lict mallade.

Comment le vielz Herdre, voiant le Roy au lict mallade, se aprouchait de luy, et comme traistre donnait conseil, et chascun retournait en son pais. Et comment les messager au roy Thierry conterent tout le faict au duc Guerrin, lequel bien correscié retornait en court luy et Guillaume, le duc Baigue et Fromondin et parlait ledit Guerin au Roy, tellement qu'il le fit chief et cappitaine de son armée, et commandait que chascun fut obeissant à luy.

Comment le noble duc Guerrin conduit son ost luy et son frere le duc Baigue de Bellin en tirant droit à Vienne dessus le Rosne, et comme après se remirent en leur chemin en tirant droit à Vallance, et tellement ont chevaulchiés par leurs journées qu'ilz arriverent à quatre lieues de Waulparfonde, devant laquelle estoient infidelles et Sarrazins.

De la beaulté du tref au noble duc Guerrin et du lieu trés delectable auquel il fut essus et poseis, et coment tous les nobles furent assemblés à celluy tref et pavillon pour avoir ensemble conseille et conclusion pour envoier espier quelle nombre estoient les Sairasins.

Comment les chevalliers, qui allerent espier l'ost, heurent entre eulx diverses oppinions, et furent Bernard et ses amis tous desconfis quant ilz virent si grande multitude de Sarrazins, et coment, quant ilz furent retourneis, et que Fromont olt entendu la chose par les parolles dudit Bernard, ilz furent d'oppinion de retourner en leur pays, laquelle chose fut occasion d'une grant haine qui en avint depuis.

Comment le vaillant duc Guerrin donnait corraige à tous ses gens et devisait ses eschielles et battailles, lesquelles, avec leur estendart et banieres, il faisoit moult beau veoir, et comment il parlait aux messaigiers du roy Thierry, lesquelx il renvoiait à la cité pour signifier leur venue.

Comment le roy Thierrey entrait en l'ost auz Sarrazins et y fit ung grant meschief, et comment le vaillant duc Guerrin, luy et son armée, vint d'aultre costeit abbatant tentes et pavillons, en tuant Turcz et Sarrazins, et firent grant destruction des chiens mauldis, entre lesquelx y furent deux de leurs roys occis et les deux aultres y furent retenus et prins ; aussi du grant dueil qui fut demenez en la cité pour l'amour du roy Thierrei.

Coment Fromont et Bernard avec leurs aultrez alliez et amis, voiant la chose ainsi aller, sont entrés en ung aultre chemin, et, en faindant qu'ilz eussent fais aide auz crestiens, se vindrent à rencontrer au devant du duc Guerrin, et coment le noble duc departit le buttin aus povres chevaliers sans en rien retenir, de quoy Fromont et Bernard cuiderent enraigier, et des parolles qu'ilz en curent, comme la vraie histoire le met et dict

Comment le noble roy Thierrey, voyant son dernier jour venir, mandat tous les plus grans de son pays, ausquelx il fit promectre de tenir sa seulle fille à royne, dame et maistresse, et de ce en firent foid et homaige, et coment, par le conseil de Jofroy, fut envoiés querir le duc Guerrin, auquel le Roy donnait sa fille en mariaige avec tout son pays.

Coment, durant les guerres de Morrienne, le roy Pepin se thint à Lion, auquel lieu il se fit bien mediciner, tant qu'il fut tout sain et guerris, et coment le vaillant duc Guerrin retournait en Lyon, et puis à Montlaon en France, et du beau recuil que le Roy luy fit, de quoy se esmut la grant guerre et hutin, comme cy aprez serait dit.

De l'envie que Fromont olt, voiant l'onneur que le Roy faisoit au duc Guerrin, et alors ne puelt plus celler son corraige, par quoy s'en esmut ung grant huttin, et comment ilz entrerent en parolles injurieuses, aprez lesquelles ilz se vinrent à ferir, par quoy vint depuis une telle guerre, que oncques en leur vivant ne long temps après ne print fin.

Des rigoreuses parolles et menasses que eust le duc Guerrin contre Fromont, et coment illec emmy la salle y olt ung fier huttin, de quoy morurent plussieurs personnes, et fut en grant dangiés le vaillant duc Guerrin, se secours ne lui fut venus, comme ycy aprez il serait dit.

Comment ce jour arrivait en court Hervais d'Orliens et Hudon, son frere, lesquelx estoient nepvelx au duc Guerrin, et coment, quant ilz sceurent la verité du cas, s'en vinrent à l'huis de la salle, et l'ont rompus à grosse barres et à force ont entrés dedans, et y fut le conte Herdre tués et plussieurs de ses hommes avec luy, et comment Fromon saillit dehors par une fenestre pour se salver, puis s'enfouyt.

Comment le duc Guerrin fit honnorablement des trespassez, que pour lui avoient estés tués, et des parolles et conseil que Hairvais d'Orliens donnoit au Roy, affin que Fromon vint à mercy.

Comment par l'amowement de Hairvais fit le Roy une grosse armée, laquelle il menoit devant Soixon, et fut la cité prinse et gaignée dessus Fromon, et receut le Roy la foy et hommaige de tous les gentilzhommes du pays, et des parolles qu'ilz en eureut ensemble luy et Guerrin, et comment Hairvais d'Orliens reprint la terre et seigneurie et lui acrust le Roy ses fiedz.

Comment, quant Fromon fut ainsi eschappés, il s'en vint à Sainct Quentin en Vermendois, là où il trouvait plussieurs des ses amis, ausquelx il contait tout le faict de la mellée et la mort du conte Herdre, et coment le conte Drue le confortait, et entreprint de luy faire avoir Helisante, la suer à Baudewin, conte de Flandres, qui estoit damme de Pontis.

· Comment Drues d'Amiens allait en Flandres à belle compaignie pour parler au conte Baudewin, et des parolles qu'ilz eurent ensemble touchant le mariage de Fromon et Helizante, damme de Ponty, et coment alors furent les nopces faictes, ausquelles fut demené grant joie de chansons et carolles, et y fut on trés bien servis.

Comment le londemain des nopces, le conte Fromon descowrit tout le faict de celle guerre à son beau frere Baudewin, de quoy le dit Flament fut dollent et corresciés de avoir estés ainsy surprins ; et comment après donnait conscil de aller assaillir Cambray dessus Huon et gaster le Cambresy, comme cy après serait dict.

Comment, après ce conseil tenus, le conte Fromon fit son mandement de tous cousteis et assemblait tous ses amis, lesquelx y vinrent à grosse armée pour destruire le Cambresy, et coment Baudewin, conte de Flandres, fut d'aultre part, et tout le premies se boutait ou pays, et aussi coment le vaillant conte Hue mit garde et pollice par la cité pour resister auz annemis.

Coment Hue, le vaillant conte de Cambroy, saillit dehors auz champs luy et ses gens, et se sont mellés auz gens Fromon, et des reprouches que le dit Hue fit à Ysoris le gris, pour lesquelles ne volt plus pourter la banniere, par quoy Fromon se corressait encontre luy, et coment ledit Huon joustait corps à corps à Fromon et le ruait en terre, et se n'eust esté le peu de gens qu'il avoit, Fromons y eust estés ou mors ou prins.

Coment la cité fut assegié de toutes pars, et furent toutes les pourtes fermées, réservé une, et coment par ung jour de Sainct Martin d'esteis fit le conte une saillie, en laquelle il avoit mis ung messaigier qui se desrobait secretement, et pourtait des lettres à Monlaon au roy Pepin.

Comment le messaigier du conte Hue fit si bonne diligence qu'il arrivait à Monlaon et presentait les lettres au Roy, et coment le Roy, oyant le contenus d'icelle, volloit mander à Fromon et à Baudowin que incontinent fut levés le siege, laquelle chose Guerrin ne volt, ains donnait conseillent au Roy de mander gens de tous cousteis et faire une grosse armée pour les faire venir à mercy.

De la grant assemblée que se fit à Monlaon, et coment les messaigiers Fromon ont tant serchiés Bernard, qu'il fuit trouvés à Naicil, son chasteau; lequel, quant il sceut la guerre ouverte, en fut joieux, et coment il fit grosse assemblée de gens, avec lesquelx il corrust en Lorrainne, et puis allait mettre le siege devant Dijon, cuidant prendre Aubry le Bourguignon.

Comment le preux Begon fut trouvé entre ses annemis, lequel de tout cecy ne sçavoit rien, et coment il fit une grosse armée pour venir au secours de son frere Guerrin, mais il allait premier secourir Aubry, son nepvelx, comme vous orez cy aprez.

Du grant et merveilleux dompmaige que le dit Baigue fit sus la terre des annemis, car depuis Lion sur le Rosne, jusques à la ville de Dijon, tout du loing de la riviere de Sonne, n'y olt villes ne villaiges qui ne fuissent gastés et qui n'eussent à souffrir.

Comment Bernard du Naicil levait le sciege de Dijon, et s'en fouyt, quant il sceut la prinse de Lion ; et de la venuee du preux Begon et comment le dit Baigue le suyvit de toutes pars et mist le siege devant Chasteauvillain, lequel fut prins et tout le Bassigney destruict.

Comment, par le conseil du duc Guerrin, le Roy envoiait ses messaigiers au conte Fromont, et des responces orguilleuzes que fit le dit Fromon au messaigier, et coment le dit Pepin et son armée s'en allerent devant Sainct Quentin.

Comment Gaulchier l'orphenin, frere au conte Hues, et nepveulx au duc Guerrin, fit son armée, et coment le conte Fromon levait le siege, quant il sceut la venue du roy Pepin, et s'en allait à Sainct Quentin, et le conte Hue et Gaulchier, son frere, s'en allerent après frappant sus la cowe, de quoy y olt grant escarmouche soubz Saint Quentin.

Coment le Roy arrivait luy et son armée soubz Saint Quentin à l'escarmouche du conte Hue et de Gaulchier, son frere, et coment le conte Fromon et ses aidans furent assegiés à Saint Quentin dedans la ville, et des vaillance que Ysoris faisoit sus le Roy et son armée.

Coment le conte Fromon mandait à Bourdeaulx à ses parens qu'ilz le venissent aidier et secourir, et coment ilz y vinrent à grosse armée et tindrent si très fort les chemins clos de tout coustés, que nulz vivre ne venoient au camp du roy Pepin, et ne povoit personne passer, aller ne venir, qu'ilz ne fuissent destroussés et rués jus.

Du grant et horrible dompmaige que le vaillant duc Baigue, et Aubry, son nepveulx, firent sus la terre de Bernard de Naisil, et des fousseis et haies qu'avoit faict le dit Bernard, ausquelx lui meisme fut prins, et coment le chaisteau du dit Naïcil fut rendus et le dit Bernard menés au roy Pepin.

Coment les bourgs de Verdun furent prins, ars et brullés, et tout pilliés et fouraigiés, et fut le chasteau de Mouelin assegiés, et des parolles que eust le dit Foucquerel à Ysoris le gris touchant des proesses du duc Baigue de Bellin.

Coment le joune Fromondin fut neis, et Guillaume fut fait chevalier noweau, et de la joie que Fromon en eust ; et pour la naissance de cest enffant firent une saillie sus l'ost au roy Pepin, là où plussieurs vaillances furent faictes.

Coment, pour les divers effrois que Ysoris et Guillaume faisoient journellement sus l'ost, le Roy emviait querir Begon et de la responce qu'il fit au messaigier.

De la conqueste que fit le gentil Baigue, en ce en allant devers le Roy et du beau recuel que le Roy luy fit.

Coment le vaillant duc Baigue, seneschal de France, volt logier en gerdin ouquel personne n'ozoit logier, et coment Ysoris saillit dehors, luy et Guillaume, et de la cruelle battaille qui alors fut, en laquelle le dit Ysoris y olt le bras rompus, et Fourcon, son pere, avec plussieurs aultres ses oncles, y furent tués.

Coment pour le meysme jour, après la battaille finée, le vaillant duc Baigue, seneschal de France, priait le roy au disner en son tref et pavillon, et du dueil que Ysoris menoit ; et coment, durant ce disner, Fromon donnait conseil de saillir erriere aux champs ; et y olt de rechief grosse escarmouche, en laquelle fut blescié mortellement le devan dit Baigue de Bellin.

Coment le conte Fromont dit à Ysoris, son nepveulx, qu'il avoit tués le duc Begon, mais il ne le volt point croire, et envoiait une espie au camps pour en sçavoir la verité, et coment Fromon en desmentit l'espie et se corresçait trés fort encontre luy.

Coment le Roy envoiait Aubry le Bourguignon en fourraige par le pays, et y fut le dit Aubry prins et detenus, et coment le duc Baigue se fit armer tout malgrey ses medicins, et assalllit ses annemis, et aussy se armait le vaillant Ysoris atout son bras rompus, et fut Aubry rescous et delivrés, mais le charrois fut rués jus.

Comment en vangeance des charrois prins, le preulx Begon fit grant dompmaige aux annemis, et coment par son conseil furent enserreis à Sainct Quentin, tellement que nul n'y povoit entrer ne yssir, et eust esté alors la paix faicte, ce n'eust esté par le courage de Ysoris.

Comment Bernard du Naicil, soubz umbre de bien, eust plussieurs devises au roy Pepin, pour parvenir au traictier la paix, et de la responce que le Roy luy fit.

Coment Bernard envoiait secretement une lettres fourée de malices au conte Fromon à Saint Quentin, et coment Fromon par essurement vint parler au Roy, et après plussieurs parolles, fit tant le dit Bernard qu'il fit par sa malice faire une paix fourée, laquelle ne durait guerre, comme vous oreis.

Comment le preulx Begon fit fermer le plasseis et plussieurs aultres places, et des dons qu'il fit à ses amis.

Icy sont les noms des princes et seigneurs, parens et amis des deux parties, qui se trouverent à Paris à la journée pour faire paix, et coment Blanchefleur, la fille au roy Thierrey, accompaignée de ses amis, arrivait dedans Paris.

Du conseil que Henry, archevesque de Reins, donnait au Roy, et de la mallice qui fut en luy, et coment le Roy le creust, par quoy tant de maulx vinrent depuis ; et neantmoins fuit la paix faicte pour celle fois entre le lignaige Fromon et celluy du duc Guerrin.

De la faintise que fist le Roy, et coment il fit semblant de faire espouser le duc Guerrin, et aprez coment l'archevesque de Reims les print par les mains, et avant que les espouser, fit les bans, oyans tous ceulx qui là estoient, par quoy saillirent en place deux ou trois affaités moinnes, que alors jurerent que entre eulx avoit paraige, par quoy tant de malz et de mortelle guerre sont advenue depuis.

De la seconde trafficque que Hanry, archevesque de Reins, fit au duc Guerrin de Mets, de quoy le roy fut consentant.

Comment le Roy espousait la belle, et fut corronnée à Paris, et coment le jour des nopces, par l'envie et trahison de Bernard de Naicil, ung grant huttin se esmeut de rechief en salle, par quoy moult de maulx en advinrent depuis.

Comment, le conte Fromon se desconfortoit en la prison, de quoy Bernard fort le tenssoit ; et du conseil et trahison que pourpensait le dit Bernard, de quoy Fromon et ses amis furent consentens.

Comment, en la presence du noble duc Guerrin, le Roy fit recorder au dit Bernard tout le faict qu'avés oys ; et coment le gentil duc en presentait son gaige et les plesges pour se deffendre, lesquelx furent renfuzés du Roy et ne les volt pas recepvoir, comme cy aprez il serait dit.

Coment le vaillant duc Baigue de Bellin se presentait à tenir le lieu son frere et à faire la battaille, et fut receu par le jugement des princes, et comment Bernard le traistre querroit à avoir une eschapatoire, comme oreis icy après.

Comment Bernard se perforçoit de faire dilatter la battaille, et coment les deux champions ont jureiz sur saincts, et furent bouteis les plesges en une salle, et aprez plussieurs coups donnés et receus, le preux Begon ait prins le cueur de Ysoris, et l'ait rués au visaige Guillaume de Mouelin.

Comment Bernard du Naïcil s'en allait par une fenestre et s'en fouyt à Naicil, son chasteau, lequel il preparait contre la guerre, et fit grant dompmaige en Lorrainne contre la volunté de Foucquerel, son filz.

Coment paix fuit faicte du conte Fromon et de ses alliés, reserveis du dit Bernard à l'encontre du duc Guerrin de Mets et de Baigue, son frere, avec leurs aultres amis, et coment les aulcuns d'iceulx vendrent hommes au duc Guerrin et les aultres au gentil Baigue de Bellin.

Coment les nouvelles vinrent au roy et à Guerrin du dompmaige que Bernard avoit fait en Lorrainne, et coment, par ung accord qu'ilz eurent ensemble, vindrent mettre le siege devant Naicil, auquel le dit Bernard leur fit plussieurs saillies, et moult vaillamment se deffandit.

Coment Fromont envoiat Guillaume à Naicil parler à Bernard pour faire paix, et coment le dit Bernard le fit emprisonner.

Coment après ce que le gentil Begon fut sain et en bon point des plaies qu'il avoit receu, fit son armée et s'en vint au camps avec les aultres, et à son venir fut quasi sourprins du dit Bernard, et coment Fromont fit tant envers le Roy que celle paix fut faictes, et fut le chasteau de Naicil ars et brulleis.

Comment par le conseil de la royne, le duc Guerrin de Mets et le duc Baigue de Bellin, son frere, furent mariés et heurent espousées les deux filles à duc Millon, lesquelles estoient niepces au roy Pepin.

Coment les dis deux freres firent enchainge de leurs pays par le congié de leurs femmes, et coment l'enffant Gilbert fut neis de la duchesse Aeilis, et fut pareillement Beaultris, sa suer, ensaincte de l'enffant Gerin.

Comment une espie vint anoncier à Thiebault de Bourdeau tout le faict du mariaige et du malvais conseil que donnoit Aymon, lequel estoit nepveulx au dit Thiebault et estoit homme liege au dit Begon, de quoy moult de maulx en vindrent depuis.

Coment l'embuche de Thiebault fut mise dedans la lande, et coment tout le faict fut anoncié au preux Begon par ung pellerin de Sainct Jacques;

et coment les vaillans chevaliers se sont armeis et mis en point en intencion de ce deffendre, se besoing estoit, comme cy après il seroit dit.

Coment le preux Begon, luy et ses gens, se sont boutteis dedans l'embuche, et des parolles qu'ilz eurent ensembles, et coment ilz se mellerent les ung parmei les aultres, là où le dit Baigue fit grant vaillance et abbatist Thiebault par terre, mais enfin fut le duc Baigue navré à mort, et coment Dos le veneur y rompit le bras à Aymon.

Coment ung escuier se despartist de la mellée, lequel à toute haistés s'en vint à Bellin, et les nouvelles leur dit de la piteuse adventure, et comme les dis de Bellin se courrurent armer, et ont rescous la damme, et des complaintes qu'elle faisoit pour son seigneur ainsi navré, lequel elle cuydoit qu'il deust morir.

Comment le noble duc fut fort sollicité des medicins et en briefve espace fut reguerris, tellement qu'il povoit armes pourter.

Coment Aymon fut parrellement sollicité, et en briefz temps fut reguerris ; et dez pleurs que à Bourdeaulx se font pour l'amour des tres-passeis, et coment le noble duc se preparait contre la guerre.

Comment Aymon pourchaissait tous ses amis, lesquelx s'en vindrent en armes dessus le duc devant Bellin, et plussieurs maulx firent en l'entour, et coment le preux duc Baigue sortist aux champs dessus ses annemis, et des prouesses qu'il y fit.

Comment Bellin fut asseget tout à l'entour du conte Aymon et ses aidans, et des maulx qu'ilz firent au plan pays, et coment Dos le veneur donnait conseil d'envoier Moinel Galopin devers le Roy et leurs auttres amis aidier et secourrir, et des parolles du dit Moinel qui donnoit cause de rire.

Coment le noble duc donnait ses lettres à Moinel Galopin, et luy recommandait toute son affaire, et coment il escheppait de l'ost et s'en vint à Orleans, là où il parlait au Roy et luy contait la trahison de Thiebault, de Aymon et de Herdowin.

Coment Bernard du Naicil arrivait en court, auquel le Roy contait toute l'affaire, et comme il volt tuer le messaigier, present le Roy, de quoy grant question s'en esmut entre le dit Bernard et la roynne, et comme la damme Hellevis fit armer plussieurs bourgeois, et meismement tous les bouchiers, et de ceu qu'il en advint.

Coment en ces entrefaictes arrivoit le duc Guerrin en court, et coment quant il sceust les parolles injurieuses que Bernard avoit dit à la royne, il luy donnait si grant (1) sus le visaige que quatre de ses dens luy rompit, et comment ledit Bernard s'en alloit alors conter tout le faict à Fromon, lequel n'en fut pas trop joieulx, ains moult agrement (2) en ait le dit Bernard reprins.

Coment le Roy fit une merveilleuse armée pour donner secours aux preux Begon, et coment le duc Aymon levait le siege quant il les sceut venans, et s'en fouyt dedans Bourdeaulx, et coment le duc Baigue corrust après, quant de leurs despart fut advertis, et y fut quasi enclos et retenus, de quoy le duc Guerrin son frere l'en tenssait et reprint.

Coment le siege fut mis devant Bourdeaulx, auquel le duc Begon fit venir ses subgectz de tous cousteis, et comment le Roy luy conseillait d'entrer en la terre ses annemis, là où ledit Begon fit moult de maulx et de grant dommaige, et fut prinse en ce voiaige Monmairles et Clerei.

Coment Bernard du Naicil arrivait devers Fromont de Lans, et tout le faict luy contait, et dez parolles qu'ilz eurent ensembles touchant le faict de ce huttin, et coment Fromont fort l'en reprint, et ne se volloit accorder ny aller avec eulx, maix enfin s'i accordait à la requeste de ces amis.

Coment Fromont, Bernard et Guillaume assemblerent gens de toutes pars, vivres et charrois, pour s'en aller devant Bourdeaulx, et coment le conte Fromon fierement respondit au conte Aymon et du conseil que donnait ledit Bernard.

Comment par le conseil de Bernard fuit faict une merveilleuse et cruelle escarmouche et saillie, en laquelle plussieurs furent mors et navreis, outre lesquelx le vaillant duc Guerrin y fut blecié mortellement, et furent quatre chevaulx tués soubz luy.

Coment, après la battalle foillie, le duc Guerrin se complaint de ses plaies qu'il avoit receu, et coment l'enffant Fromondin fuit faict chevallier et avec luy plussieurs aultres, et de ce qu'il en advint.

(1) Coup?
(2) Aigrement.

Coment le preux Baigue, luy estant à Peronne, ait oy nouvelles d'icelle cruelle battaille, pour laquelle il print grant vengeance sus ses annemis, et coment Fromon demandait le tournay, lequel luy fut estés refusé, se n'eust estés le vaillant duc qui sourvint, et avec ce, après qu'il olt acordés le tournois, promit à Rigal de luy donner le cheval Fromondin, et des parolles qu'ilz en heurent, de quoy fut assés ris.

Coment le gentil Baigue de Bellin se presentait pour la nuyt de faire l'achargaitte dedans le camps, et coment lez deux ostz furent prestz et empoint, et d'un cousté et d'aultre, et ne tenoit plus que de ferir.

Coment le grant tournois commençait, auquel y fut tués Baudewin, conte de Flandres, et Guillaume de Poitou, et plussieurs aultres, et à Guillaume de Mouelin fut rot le bras senestre, et aussy comme le preux Begon thint sa promesse touchant le cheval qu'il avoit promis, mais il y fut en grant dangier de sa personne, comme cy après serait dict.

Coment Fromont demandait les treves pour ung jour tant seullement pour enterrer les mors, et du dueil que fuit menés en la cité, et coment on fit chevalier Rigaldin, et des folles parolles que ledit Rigal disoit, de quoy en y olt plusieurs qui en ont ris.

Coment le Roy envoiait ung messaigier devers Fromont, pour au londemain faire ung tornois, lequel, à la requeste de Fromondin, y fut receu, et comme le preux Rigal emporta ce jour le pris, et furent par luy plussieurs prisonniers prins, entre lesquelx il print Fromondin, et fut ce jour Fromont luy et les siens tout desconfis.

Coment Rigal refuzait au Roy ses prisonniers, et des parolles qui en furent, et coment ilz furent menés au chasteau du Placeis, et du buttin qui fut gaingnié dessus le Rosne en IIII nefz, et aussi coment le duc Baigue fut à Bellin, et au retour fut prinse le chasteau de Blancafort, et y fut boutés le feu, et du grant dueil que Guillaume et Fromont en demenairent.

Coment Guillaume de Mouelin par sa subtilité saillit aux champs, luy et ses gens, et illec mist une embuche devant le camps, et coment le duc Aubry y fut prins, luy et plussieurs aultres, et du dueil que le vaillant duc Baigue en fit.

Comment l'assault fut donné à la cité, et par force fut prinse et gaingnée, et fut arsé et brullée, et coment, après plussieurs dommaiges, fut la paix faicte les ungs envers les aultres, et furent bons amis ensemble, et retornait chascun en son pays.

Cy finé le premier livre du Lorrain Guerrin de Mets et de son frere le duc Baigue de Bellin, lequel fut translatés de anciennes chanssons de gestz, et mis de rime en prose par moy Philippe de Vignuelle, marchamps de draps, en l'an mil cincq cens et quatorze. Je prie à Dieu que son nom en soit benist.

Icy accommence le second livre du Lorrain Guerrin, et premier est devisés comment, après septz ans et demei passés et accomplis, le noble duc Baigue olt plusseurs devises avec Beaultris sa femme, en recordant les tors qu'on luy avoit fais le temps passeis, et comme il proposait d'aller à Mets veoir Guerrin son frere, jay ce que Beaultris l'en destournoit à son povoir, etc.

Comment le noble duc se mist en voie noblement accompaigniés, et passerent par Orleans, là où pour.l'heure se tenoit la court, et comment il chevauchait tant par ses journées, que en la terre Fromont est arrivés en vng chaisteau nommés Vallantin, et des devises que le duc olt à Bairangier son hoste, comme cy aprez vous serait dit.

Tantost au londemain furent toutes choses prestz et empoint, les chevalx seellés et les sommiers troussés, desquelx en y avoit jusquez à X, tout chergiés d'or et d'argent et d'aultres richesses pour sa necessité, et avec luy menait XXXVI chevaliers, plusseurs braconniers, plusseurs chiens et XV varlés, qui menoient les livriers. Lors se bougeait le matin et au despartir baisait sa femme et ses enffans, les commandant à Dieu, et la belle, toute en plorant, les larmes à l'ueil, pareillement le baisait et accollait. Helas elle avoit cause de pleurer et de gemir, et s'elle eust sceu la piteuze adventure, elle se fust pasmée de doleur, car jamais plus ne le vit en vie, comme cy après serait dit. Or s'en vait le duc à belle compaignie et passait la ripviere de Gironde au port sainct Vallentin. Là aprez y auoit vng hermitte, auquel le duc confessait tous ses pechiés. Après ce faict, remontait à cheval et ne finait d'errer tant quil vint à Orliens ; là trouvait le Roy, la Royne et sa suer Hellevix, avec son filz Hervais, lesquelx luy firent molt grant chiere et y sejournait trois jours enthier. Puis ait prins congié de la court, et le douziesme jour vint à Paris, et le treisieme fut à St Lis. Puis de là se fit guider et conduire à Verdinois, passant Sainne droit aclairir, et ne finait d'errer jusques à Cambresis. Si se arrestait à vng chaisteau nommés Valentin. Et celle nuyt haubergeait chiez vng bourgeois nommez Bairangier, lequel estoit le plus riche homme de tout le pays. Si commandait ledit Bairangier que le duc fust bien servis de tout tant quil demandoit, et aussi fut il. Car ilz eurent perdris, faisans, maillairt, lievres et cugnins, et aultre venoison asseis, tout à son apetit, le pain, vin, et espices à l'advenant, et fut le duc haultement ressus et du tout à son plaisir. Après le souppé, les licts furent faicts et fut le duc menés couchier en vng riche lict. Bairangier fut saige et courtois ; si se aprouchait du lict et de plusseurs parolles à deviser se print, entre lesquelles bien courtoisement ait dit au duc : « Sire, fait il, quant je vous vois et resgarde, je suis tout resjois ; car en vous voiant, il me souvient d'ung de mes hoste et bon amis, c'est le Lorrain Guerrin de Mets, le plus courtois et le plus lairge, que oncques de mere nasquit, et prie à Dieu, où qu'il soit qu'il luy doient bonne vie, car plusseurs biens il m'ait faict, de quoy je suis tenus à lui. Or luy resemblés tant bien, et de bouche et de nés, que c'est merveille. » Lors parlait le duc et dit ainsi : « Mon hoste, fait il, je ne vous en quier mantir et en rien vous n'avés faillis ; car celluy de quoy parlés est mon frere germain, et d'un meisme pere fumes engendrés et d'une meisme mere conceups et nourri. Mais je suis haubergiés en vng estrange paÿs, que jaidi me donnait le roy Pepin, loing de tous mes parens et amis, et ne vis mon frere depuis

le siege qui fut deuant Bourdeaulx, mais je le vois veoir, de quoy il serait
bien resjois ». — Or maintenant vous cognois bien, se dit son hoste, et pour
ce d'une chose vous advertis, c'est qu'en ce paÿs avés plusseurs annemis, à
l'ocasion que tuaistes Baudouin, conte de Flandres; et se Hue, vostre nepveulx,
le conte de Cambresin et Gaulthier du Mans sçavoient vostre venue, ilz vous
viendroient visiter et veoir icy, et par eulx seriens festoiés, conduict et
servis. — Je le sçay bien, respond le duc, mais à tant ilz lesserent à parler de
ses parens et entrerent en vng aultre propos, duquel eust estés le meillieur
c'en avoit tens, et qu'on en eust jamais parlé, comme cy après serait dict.

Coment le noble duç s'enquiert à son hoste Bairangier, du lieu là où se tenoit le porc, et commant il luy donnait son manteau et son hocqueton, puis au londemain se fit mener au lieu là où le porc se tenoit, et aussy coment le noble duc fut de ses gens abandonné.

Le noble duc en devisant avec son hoste luy ait dit : « Amey mon chier hoste, lessons ces propos et parlons d'une aultre chose. L'on m'a dit en mon pays, que ez bois de peivre, qu'est en ceste terre, y avoit ung porc sanglés le plus merveilleux du monde. Je le veulx, dit il, chasser, et en veulx pourter la teste à mon frere Guerrin ». — Se dit Bairangier, je sçay pour vray le lieu où il gist et frequente le plus, et vous cuyde droictement mener à son lict. » De ces parolles fut le duc grandement resjois, et de joie quil eust embressait ledit son hoste, et en le bayssant et acollant ait dit : « Par Dieu, mon oste, vous en serés remunerés des novelle que m'avés dit ». Alors ait despoulliés son manteau et son hocqueton et les donnait audit son hoste : « Tenés, mon hoste, je vous les donne, affin que venés avec moy ». Et il receupt en grant joie ce don, le remerciant de bon cuer ; car comme il dit, que quiconques homme de bien sert, il n'en pert point son lowier. Et après plusseurs parolles, s'en dormirent jusques au matin. Puis quant il fut jour, c'est le duc leveis et fut. par ses chamberlains servis. Robbe et chalces luy ont apportée et vestis, esprons doreis luy mirent en piedz, et sus vng bon chasseur il fust montés, et à son col est pendus vng riche cornet d'ivoire ferrais de verrieulle de fin or, le fort espiedz au poing, et plusseurs chiens menait auec luy. En sa compaignie estoit Rigal, et XXXVI cheualiers et plusseurs braconniers, comme dessus est dit. Si chevalchait en la conduicté de Bairangier son hoste, tant que ou bois se sont mis. Et tant ont cheminés, que là où le porc fait son demainne sont arrivez sans contredis. Si commencent les chiens à glaitir, à braire et à crier, tellement que tous les bois en retondissoient. Lors ait le duc demandés Blanchairt son bon levrier et on luy ameinne. Mais quant il le thint, si luy aplaine le col et les orreilles pour luy donner coraige et l'anhairdir. Et quant ilz vinrent à aproucher le lieu où estoit le porc, lequel se tenoit en un rouchier entre deux chaine près d'une fontainne, tous les chiens ensamble se prindrent à glaitir. Et le porc, qui estoit fier comme vng lion ait resistés contre eulx. Et tellement se deffendit, quil tuait mort le bon levrier Blanchair, de quoy le duc fut moult desplaisant et triste, et aymait mieulx perdre cent francz et plus que cellui chiens que le porcque ait murtrit. Alors en grant fureur s'en vint le duc auec son espiet vers celle part poingnant, mais le porc pas ne l'ataindit, ains s'en fouyt en vng lieu nomméis Guidemeir, là où il fut norris. Et plus de XX cheualiers descendirent pour mesurer la mairche de ses piedz et forment s'en esbahissoient. Car de une ongle à l'autre y avoit vne plainne palme mesurées. Et hors de sa bouche avoit les dens vng plain piedz de loing. Jamais on ne vit telle beste ne cy cruelle. Et quant il vit la force des chiens qui venoient, ledit porc fit ce que oncques aultre porc ne fit. Car il cessait son propre lieu et tous les bois de sa noriture et se boutait aux plains champs hors de voie, et sans retorner corust près de XV lieues, et tousjours le duc après. Mais ses gens qui n'estoient pas si bien montés, pour les maretz et malvais passaiges ne le purent suyr, meismement le cheval Rigal luy failist soubz luy et ne polt plus avant aller. Et quant se vint environ tierce, il accommence à plouiver, par quoy il les covint retorner arriere. Et cuidans retrouver le duc au logis s'en allerent tous à chasteau Vallantin avec leur host Barengier. Sy ont lessiés le duc en la forest en vng trés grant dangier. Hé Dieu quel domaige !

se fust de l'avoir abandonnés, et le grant mal qui en advint, car oncques puis
ne le virent en vie, comme vous oyrés. Si se essurent au mangier et tout le
jour actendirent illec après, cuidant tousjours qu'il. duist retourner. Mais
celle actente est pour neant. Car il suyt tousjours le porc, tant que cheval
l'en peult pourter, et tellement que les chiens furent si trés lasseis qu'il n'en
povoient plus, s'il ne les pourtoit, comme cy après m'orés conter.

*Coment le noble duc pourtait aulcuns de ses chiens devant luy pour repranre
leur alainne, puis ont trouvés le porc, lequel avoit tués la pluspart desdis
chiens ; et comment ledit duc Baigue se combatit à luy, et le tuait, puis
se essut de costé luy auprès d'un gros tremble foullus et fit du feu et
cornait trois fois son corne pour ses chiens rassembler.*

Et quant le noble duc vit que ses chiens n'en povoient plus, il en print
aulcuns, et les mist devant luy à cheval, et les pourtait ainsy vne grande
piece, tant qu'ilz eurent reprins leur alainnes, puis les met jus, et virent le
porc auquel il se lancerent, et à leur abais et cris se rassemblerent tous les
aultres chiens. Et quant le porc vit que nullement ne s'en poivoit deffendre,
ç'est acullés contre vng buisson, et tellement se deffent que la plus part des
chiens ait mis à mort ou affoleis ; lors arrivait le duc, lequel, quant il trouvay
ses chiens ainssy mors et occis, fut merveilleusement correscé et desplaisant.
« Hé, filz de truye, se dit le duc, aujourd'huy m'as bien traveilliés et mes bons
chiens mors et tués, et à ceste occasion de mes hommes suis perdus et abandonnés. Car je ne sçay où qu'ilz soient, et ne les sçauroie où sairchier ne
trouver. Mais je te promés que par mes mains t'en convenra passer ». Lors se
escriait le duc en se aprouchant de luy et tenant l'espiès à deux mains pour
le ferir. Mais le porc l'escoutoit et se lanssait à luy que rien ne l'en polt
tenir. Neantmoins le duc ne le doubte en rien. Car comme vng vertueulx
chevalier, donnait audit porc vng si grant coupt de son espiès qu'il le faul-
sait parmei le dos. Et le porc, sentant le coupt, comme enraigié fit vng sault
en retournant arrier dever le duc et empongnait l'espielz aux dens. Mais
quant le noble duc santit son espiet empongniet, il le tirait à force à luy, et
de rechief luy donnait vng si grant copt devers senestre qui l'abatist mort
estendus tout devant luy. Et alors moult grant abondance de sang print à

7

sortir de ces plaie, duquelle les chiens se sont soullés, et en ont tant mangiés qu'ils en eurent asseis. Puis quant ilz furent bien soullés, se coucherent de costé luy. Et quant le vespre fut venus, il accomence arriere à plovoir et se levait grant bruyne, tellement que le duc ne veoit ne chaisteaulx ne maisons, et ne sçavoit où il deust reparier, ne aller ne venir. Alors il ç'est essut soubz vng gros tremble foullus, et illec fut le noble duc follement logiés et hostellés. Or avoit il vng fusyc, car tousjours en pourtoit vng, en quelque part qu'il aillit, et d'icelluy il fit du feu. Puis ait corneis par trois fois son corne d'ivoire pour ses chiens rassembler. Mais se fut vne piteuze cornée pour luy, car par icelle morut le noble duc, comme icy après vous serait dit.

Coment le forestier et garde du bois vint à son du cornet et espiat le noble duc, puis si le allait noncier à Lans en Lanoy, le cuidant dire à Fromont, et coment il le dict à son seneschault, lequel incontinent y envoiait VII paillairs malvais garsons, pour pugnir le meffaict, avec lesquelx se accompaignait Thiebal du Plaiceis, le nepveulx Fromont, par lequel vinrent molt de maulx depuis.

Or vous lairay à parler du noble duc et de tous ses serviteurs, et vous diray du forestier et garde du bois, lequel, incontinent qu'il eust ouy le cornet d'ivoire ainssy doulcement sonner, pas aprez pas ce aprouchait du lieu et de loing print le duc à espier, car nullement n'osait aprochier près, ains tantost se partist du lieu et s'en vait à Lans proposant le anoncier et dire à Fromont. Mais Fromont estoit alors à son mangier, par quoy il ne l'osait troubler. Cy s'en vint cellui forrestier le conseillier en l'oreille du seneschault, disant ainsi : « Sire, fait il, là embas en la forrestz ay trouvés le plus bel homme que jamais je vis et le miculx accoustreis et montés pour vng braconnier, lequel toutesfois ait tués vng porc sangles sus la seigneurie de mon maistre et se gist auprès du porcque auvec trois chiens auprès de luy. Venés, sire, dit il, et luy ostés son cheval et son cornet d'ivoire, et qu'il soit du meffait pugnis ». De ces nouvelles fut le seneschal tout resjois et de joie qu'il en eust le corust embrassier et baiser, disant : « Fouristiel, mon amis, vous soiés le bien venus. Car vous vous prenés près de pourchasser mon

honneur et mon proffit, et trés bon grey je vous en sçay. Et vous prie, dit il,
que vous faicte tousjour aincy ». — Voluntier, sire, respont le fourrestier,
mais pensés que seulet je n'yrait pas, car troup est à craindre et à doubter.
— Lors resgardait le seneschault entour de luy et appellait vii paillars
malvais garsons, ausquelx il commandait et dit, que se il estoit trouvé
homme qui en rien leurs eussent meffais, qu'il fut incontinant prins et
pugnis. « Et s'il se deffent c'on le tue, car en toutes court vous en seray
garent, et faitte le sur mes peril ». A ces parolles arrivait Thiebault du
Placeis, qui estoit nepveulx à Fromont, oyant les parolles du forestier dict
que luy meyme iroit droit en personne avec les vii paillars, et promist ledit
Thiebault, que se par luy estoit rencontrés, que malz seroit la venue pour
luy. Et ainsy fut leur aliance faicte sans le sceu dudit Fromont, ne de Fromondin son filz, car de tout ce rien n'en sçavoit. Si se parte en la malle
heure et s'en vont jusques au bois, comme nous dirons tantost après. Par
quoy moult de mal sont advenus depuis.

---

*Coment Thiebault et ses complices arriverent en la forest où le duc estoit
et des parolles qu'ils eurent ensemble, et coment le forestier le cuidait
saxir par le collet, dont il fit que fol, comme ycy après vous serait dit ;
parquoy Thiebault, du deuil qu'il en olt, avec cez complice, se lancerent
tous septz à luy.*

Après ceste alliance ainsy faicte, comme cy devant avés ouys, se partist
ledict Thiebault luy et ses complices, et tant ont cheminés en la conduicte
du forestier, que là, où le duc estoit gisant, sont arrivés. Et de loing le
trouverent que le duc avoit l'ung de ses piedz dessus le porc et trois de ses
chiens entour de luy. Mais quant ilz le virent, grandement s'en esmerveil-
lerent, et n'y avoit cellui le voyant aincy bien acoustrés et vestus, qui n'en fut
esbahis. « Or je vous promès, ait dit Thiebault, que est vng leire venus d'aultre
pays, qui est tout faict et coustumier de desrober la venoison. Pour ce, dit il,
s'il vous eschappe, vous serés tous meschans gens et de petit pris ». Lors tous
à vne voix se escrierent et devant et daicre, disant au duc ainsy : « Es tu
veneur, dis nous que si te sies sus le porc? Mais qui te donnait congié du
porc occire, ne de le chasser en ce pais? Car ceste forest est à XV personnes,

de quoy la seigneurie en apparthient au viez Fromont. Par quoy tantost tu en serais loié et pugnis, et te serait monstré ta follie de ce que ainssy ais en l'ancontre de Fromon mespris ». Lors se levait le duc et dict : « Hé Dieu, dit il, qu'esse que vous dictes? je vous prie, ou nom de Dieu le tout puissant, que ne me faictes point d'oultraige, ne aulcuns desplaisir ; car je suis chevalier de non et d'airme ; et se de rien je ay meffaict au viez Fromont, trés volentier l'en feray droict et raixon, au dict des barrons et gens de bien de sa court. Et se vous doutés de moy, ce dit le duc, mon frere le Lorrain Guerrin me vanrait ostaigier, ou Aubry mon nepveulx, ou le Roy meyme, s'il est besoing ». Puis entre ses dens aif dict : « Or parlé je bien comme laiche et roscais ? de moy tant humillier envers ces merchant chetis. Car Dieu me confonde, se pour eulx six je me rens, que premier ne me soie bien vangiés, et que ma chair ne leur vende bien chier ».

Comment Thiebault, le maulvais murtrier et ses complices ont inhumainnement frappeis le noble duc, et coment, depuis qu'il estoit mort, plusieurs coups luy ont donneis et murtris, et puis l'ont couchiés dessus des feulles, et illec au bois ilz l'ont lessiés avec ces chiens, qui ce gisoient après de lui.

Coment grant dueil fut menés en la salle pour la mort du forestier et des aultres qui furent tués au bois, comme cy devent avés oy.

Coment le conte Fromont vint en la salle veoir quel huttin ses gens menoient et se corressait trés fort, et comment il volt sçavoir la verité du faict, et les contraindit de aller querrir le corps du noble duc, pour veoir s'il polroit estre cognus, et coment ses chiens ne le volrent jamais abandonner, et des parolles qui furent dictes en la salle, tant par gentilz, comme par villains, touchant la beaulté d'icelluy corps.

Coment après ce que le corps du noble duc fut empourteis, comme avés oys, le conte Fromont s'en aprouchait et le cognut, par quoy il menait un merveilleux dueil, et plussieurs complaintes en fit; et coment Menancier s'en excusoit, disant que ces maulx avoit pourchassié Thiebault, son cousin ; aussi comme ledit Fromont fit abillier ledit corps et preposait de reparer l'offence à son povoir envers le noble duc Guerrin de Mets.

Coment le joune Fromondin et Guillaume sont arrivés en salle, lesquelx de tout cecy rien ne sçavoient, et coment, après ce que ledit Fromondin fut du fait bien advertis, volloit c'on envoiait Thiebault à Mets au duc Guerrin.

pour en faire la justice, se n'eust esteit Guillaume qui le destornait, et des piteulx regrès que ledit Fromondin pour la mort du noble duc Baigue de Bellin en fist.

Coment Fromont mandait tantost l'abbé de St Amant, lequel, quant il fut venus, se esmerveillait fort voiant le grant luminaire entour ce corps, et coment, aprez ce qu'il fut advertis que c'estoit son parans, le duc Baigue de Bellin ait dit plussieurs injures au conte Fromont, pensant qu'il eust commis ce fait, de quoy le conte eust pascience et humblement se excusait à luy; puis fut mis le corps en bierc, et, en la conduicte du bon abel et de plussieurs chevaliers et escuiers, au chemin de Mets se sont mis.

Coment, après ce que Rigal et ses compaignons eurent actendus tout le jour après le noble duc, leur maistre, et que la nuyt fut venue, ilz menerent grant dueil et se firent conduire par Barengier, leur hoste, par la forrest pour le querir, et coment ung moinne de Sainct Bellin leur en dit nouvelles et chevalcherent tant en cornant et bucinant, que Fromont qui estoit à conduire le corps les entendit venir, mais, doubtant de sa peau, s'en retournait arriere en sa maison, et là se fit refortiffier et bien garnir.

Coment Bairengier renconstrait le bon abbel avec la biere, de quoy se esmerveillait fort, aussi fit Rigal et tous les aultres, et du grant dueil que menait ledit Rigal, luy et ses compaignons, quant du faict furent advertis.

Coment le vaillant Rigal se fit secretement conduire le chemin de Saint Lis par Bairenger, son hoste, et fit tant qu'il vint à Paris anoncer ces nouvelles à la Royne, laquelle en demenait grant dueil, et coment d'illec s'en allait à Orliens et contait tout le faict à la noble damme Hellevix, puis passait Bourges et vint à Blais, et illec fit son armée et fortiffier le lieu; et coment de là s'en allait à Bellin, où il trouvait damme Beaultris, à laquelle il cellait partie de son fait, et des parolles qu'elle eust avec luy.

Coment après ce que Rigal olt parlés à la damme Beaultris, il se partist et s'en allait au Plaiseis, chiez Hervei, son pere, auquel il contait tout le faict, de quoy il menait grant dueil et fit grosse assemblée; et coment, à la requeste de Hellevix, le duc Harvais d'Orliens et Joiffroy l'Angevins firent pareillement leur armée.

Coment Rigal luy et son armée se joinderent avec Harvais et ses gens, et s'en allerent devant Bourdeaulx mettre en embuche, et de la pitoize mellée que illec se fit, en laquelle morurent à ce jour plussieurs grans personnaiges tant d'un cousteit que d'autre, comme cy aprés serait dit, et des parolles rigoreuses que ledit Rigal olt à Aime de Bourdeaulx touchant le faict de celle guerre, dont il n'estoient point advertis.

Des grans maulx et dommaiges que Rigal fit sus la terre de ses annemis en vangeance de la mort du noble duc ; et coment on fit le service de Thion et de Forcon, et aussi comme Rigal mist le siege devant Vaimble.

Coment le jour de Sainct Estienne le bon abbel de St Amant avec ces gens arriverent en la cité de Mets, portans le corps mort du noble duc, et du grant dueil que en menait le duc Guerrin, quant il sceut la mort de son cher frere, et comme il menassait ledit Fromont, de quoy l'abbel l'en excusait, et se thint le noble duc au conseil de Gilbert, son jeune filz.

Coment, par le conseil du duc Guerrin, le corps mort fut menés à Bellin, et lui acompaignait le bon abel, et du dueil que la Royne en fit ; aussi coment Rigal print le chaisteau qu'il avoit assis, et du grant dueil que menait Beaultris la belle, voiant la face de son cher seigneur taint et norcie, et à poc ne morut de doleur, et des parolles qu'elle et Hernauldin son filz oirent avec le noble duc Guerrin.

Comment, aprés ce que le corps du noble duc fut enterreis et mis soubz la lame, arrivait le preux Rigal, luy et son armée, tenant grant gravité et contenance, et des parolles qu'il eust au duc Guerrin de Mets, et coment il volt de rechief veoir son bon seigneur et maistre, le preux Baigue de Bellin ; aussy coment le noble duc Guerrin leur commendait les trives à tenir, èsquelles Rigal ne volt estre comprins.

Coment après ce que tout fuit faict et eschevis, ainsy comme cy devant avés oys, le bon abbel print congié du duc Guerrin de Mets ; et coment quant le conte Fromont sceut la venue dudit abbel, incontinant s'en allait parler à luy, et des devises qu'ilz eurent ensembles, comme cy après polrés oyr.

Coment la paix eust esté faicte, se n'eust été le conte Guillaume de Blancafort, qui destornait la chose, de quoy le bon abel fut moult marris et en eurent plussieurs parolles ensemble, comme cy après vous serait dit ; et coment, à la priere dudit abel, Fromont promist de s'en venir à Mets et de faire tout son debvoir, comme il avoit promis.

Coment le noblé duc Guerrin de Mets mandait tous ses amis, et des belles remonstrances qu'il fit à Beaultris la duchesse et à ses deux enffans Hernault et Gerin, et parreillement à Gilbert, son propre filz ; aussy coment il parlait, oyant tous, au conte Fromont touchant le faict de la paix, en la maniere que ledit Fromont luy avoit rescript, et coment ledit Fromont se excusait sus ses amis, de quoy le duc fort se corressçait et le fit widier de ses terre et pays.

Coment Guillaume de Blancafort, que Dieu mauldie, delivrait Thiebault et ses complices, durant que Fromont estoit à Mets ; et coment le noble duc Guerrin mandait querir tous ses amis et parans, ausquelx il contait tout le faict de la mort du duc Baigue, son frere, et aussy leur dit et desclairait qu'il volloit faire chevallier Gilbert, son filz.

Coment l'enfant Gilbert et plussieurs aultres furent meneis à Paris devers le Roy, et coment le Roy le fit chevalier, et de la feste et joie qui fut ce jour faicte pour l'amour des chevaliers nouveaulx.

Coment Bernard de Naicil et l'evesque Lancellin de Verdun conspirerent contre l'enffant Gilbert et le cuyderent faire tuer et murtrir sur le chemin, et coment la Royne, qui de ce fut advertie, mandait tout le faict à l'evesque Henry de Chaallons, pourquoy les barrons retornerent par aultre voie, et de la feste et joie que fust faicte à Mets à leur venue.

Coment le noble duc Guerrin de Mets, et aussy Fromont de Lan, accompaigniés de plussieurs de leurs amis, se trouverent à Paris devant le Roy sans intention de faire paix, et du malvais conseil que donnait Guillaume de Mouelin, de quoy se esmut ung grant huttin en la salle, comme vous oreis icy après ; et aussy, coment à la requeste de la Royne, les treves furent mises pour VII ans durans par le greis des deux parties.

Coment Hue de Cambresin, Gaulthier son frere et le vaillant Rigal ne volrent point estre comprins en celle treve, et coment Rigal en eust plussieurs parolles contre son pere, et luy fut donné or et argent pour s'en aller guerroier hors du pays.

Coment le preux Rigal fit son armée et s'en vint à Orliens, là où il trouvait Harvay, son parent, et plussieurs aultres, lesquelx luy firent ung beau recueil, et luy ont livré IIII^{xx} chevaulx en son ayde ; et coment de là il s'en vint à Paris, là où pareillement la Royne luy donnait ayde d'or et

d'argent, pnis s'en entrait dedans Cambray, en laquelle il fut receu benî-
gnement dn conte Hue et de ses gens.

Coment le comte Hue fit grant feste de la venue Rigal, et coment ilz
entrerent ou pays le conte Fromon, auquel ilz firent du mal sans nombre ;
aussy coment, devant la ville de Lans en Lanoys, il y olt merveilleuse
battaille dudit Huon et de Rigal en l'encontre du conte Fromon et de ses
filz, là où plussieurs y furent mors et tués, comme en lisant vous trouverés.

Du grant dueil que fut menés à enterrrer les mors, souverainnement de
Huon, le seigneur de St Quentin ; et coment le conte Hue de Cambresin,
luy et Rigal, ont le feu boutés à Lans et s'en vont destruisant tout jusques
à Saint Quentin en Vermendois, devant laquelle y olt grosse escarmouche,
là où ledit Hue fut quasi prins, et fut abatus Guillaume de Mouelin ; aussy
coment, après plusieurs malz fait en l'entour de St Quentin, ç'en sont allés
levant la proie, et après ce fait tornait arriere chascun en son pays.

Coment Foucquerel, filz à Bernard du Naicil, saichant le despart du
preux Rigal, assemblait plussieurs de ses amis, et s'en allerent tendre sur
luy ; et coment, auprès de la ripviere, y olt grosse escarmouche, là ou plussieurs furent occis, mais ledit Rigal gaingnait le pas, et fut Foucquerel tout
desconfis et s'en alla Rigal à Chasteau Thierri, et d'illec parler au Roy qui
estoit à Paris.

Coment Rigal comptait au Roy, et pareillement à la Royne, tout le faict
de celle entreprinse et du dommaige qu'ilz avoient fais au pays Fromont,
et coment Foucquerel le vint assaillir à son retour ; de quoy la Royne fut
bien joieuse de ces nouvelles ; aussi coment ledit Rigal s'en entrait en Barris
luy et ses gens par l'aide de Aubry, de Huon du Mans et de Hervais, et y
olt illec par devant Bourges grosse escarmouche et firent du mal sans
nombre au plain pays.

Coment à Montlaon thint le Roy court, là où se trouverent plussieurs
des parens Fromont, entre lesquelx vint Emorains de Coinsi, lequelle se
complainda au Roy de Aubry le Bourguignon et ses amis, qui donnoient
aide au preux Rigal ; de quoy grant huttin s'en esmeust dedans la court, et
coment ledit Aubry en cuydat tuer Guillaume, et en le cuidant ferrir, ait
tués ung aultre chevalier estant auprez de luy.

Coment Rigal retorna de rechief dedans Baril, et y fit du mal beaucopt, car il ait assaillis Burges et en print les bourgs, lesquelx furent tous robés et ars ; puis s'en retorna devers son pere ; et aussi coment, à la requeste de la royne, Hernault et Gerin, et plussieurs aultres furent fais chevaliers, et puis furent envoiés à Mets devers le Lorrain Guerrin, leur oncle, lequel les recuillist à molt grant joie, comme en lisant vous trouverés.

Coment Rigal s'en alla ou Vault Parfonde destruisant ses annemis, et du messaigier qui vint de Mets, lequel aporta des bonnes nouvelles du duc Guerrin ; et comme, pour la joie que ledit Rigal en olt, il fit une grosse armée et s'en alla devant Bourdeaulx, là où se fit grosse battaille, en laquelle morut Garnier, son frere, et plussieurs aultres de leurs amis.

Coment quand le villain Hervey sceut les nouvelles de la mort de Garnier, son filz, durement se print à lamenter, et du despit il se arma et s'en alla ferrir en la mellée, et coment à son venir, plussieurs y furent mors et tués, et firent reculler leurs annemis dedans Bourdeaulx, aussi coment Beraus, son autre filz, y fut navré à mort, et du grant dueil que Andegon, leur merre, en fist.

Coment Beraus, le filz Helie, fut envoié à Blancafort, dire ces nouvelles au duc Aimes de Bourdeaulx et à Guillaume le Marquis, de quoy ledit Aimes, de dolleur qu'il en olt, en cheust pasmés ; et coment Guillaume le reconfort, et donna le conseil de atirer le Roy de leur partie, et s'en alla ledit au Roy pour lui porter plusieurs presens, par lesquel fut ledit Guillaume en graice, et coment pour ce faict y olt plussieurs parolles entre luy et la Royne, de quoy le Roy se corressat et donna à la damme dessus le nefz.

Comment la Royne toute esmeute et correscée s'en entra dedans ses chambres et plussieurs lettres fit escripre à ses amis, leur signifiant la trahison dudit Guillaume, et coment, à la requeste d'elle, le duc Guerrin de Mets, accompaignié de Hernault et de Gerin, s'en allerent tendre sus le chemin par où Guillaume devoit passer, et auprès de Monlehery, auquel lieu fut le dit Guillaume tué, luy, et Thicbault et plussieurs aultres, de quoy moult de malz avindrent depuis.

Coment le noble duc Guerrin en fit pourter Guillaume à Lans, affin que Fromont le veit et ses amis, et y conquist le duc grant buttin ; et comment Bausellin le chamberlain contet au Roy tout le meschief, de quoy le Roy fut tant dollent que plus ne polt ; aussy coment, pour ce meffait, il fit saisir toutes les terres aux jounes enffans, par quoy grant parolles se esmurent entre le Roy et la Royne, comme en lisant vous trouverés.

Coment le noble duc Guerrin, après ce qu'il eust chiergé le buttin, se mist en voie droit à Gascongne, et bouta dehors de ses chasteaulx ceulx que le Roy y avoit envoiés ; et puis il assembla une grosse armée, de laquelle fit plussieurs dommaiges aux annemis ; et coment ceulx qui estoient garde d'icelles places s'en retornerent devers le Roy, lequel les voiant fût bien embahis, et en eurent le Roy et la Royne plussieurs parolles ensembles ; aussi coment Rigal fit aux jounes enffans grant joie, et firent de Gascongne tout leur volloir, et puis le siege devant Bourdeaulx ont mis.

Coment le viez Gascon fit tant par ses journées, qu'il arriva alans atout le corps du feu Guillaume de Blancafort, frere à Fromon ; pour lequel fût demené grant dueil dudit Fromon et de ses gens ; et coment, après plussieurs parolles, fut livré grant armée à Fromondin, et olt ledit cherge de celle guerre pour se vangier du duc Guerrin, et coment ilz firent du mal beaucop et sont entrez en Cambresin.

Coment le jeune Fromondin luy et ses gens firent grant dommaige en Cambresin, et coment ilz vinrent mettre une embuche devant Cambray, là où fut rencontré et enclos le conte Hues ; et coment à Fromondin en print pitié et le conte print à mercy, mais Bernard comme traistre vint par derrier et fendit la teste au conte, depuis qu'il se fut rendus et desarmés, de quoy moult de maulx en vinrent depuis.

Du grant mal et dommaige que Fromondin fit en Lorrainne et parmei le pays de Mets, et coment ceulx de la cité envoierent ung messaigier au duc Guerrin devant Bourdeaulx, là où il estoit au siege, comme cy devant avés oys, et coment après ceu, le noble duc ordonna de ses besongnes devers Bourdeaulx et s'en retorna devers Verdun avec la plus part de son armée, là où en allant, ilz firent du mal beaucop sur la terre aux annemis.

Coment les nouvelles vindrent au vielz Fromon que le duc Guerrin et
Olris l'Allemant et plussieurs aultres faisoient grosses armées, et coment
estant Guerrin au Nuefchaistel luy vint nouvelles que le Roy de nowiaulx
avoit faict saixir toutes les terres aux jeunes enffans, par quoy luy et
plussieurs aultres allerent assaillir le chasteau de Naicil dessus Bernard,
et fut ledit chasteau prins, brullé et tout destruit; puis, coment après ce
fait, ilz ont prins Fou et Sarmaixe, et ont fais du mal beaucopt dessus la
terre de Lancellin.

Coment le noble duc Guerrin de Mets mist ses gens en ordonnance, et
sont aprouchiez près de Verdun, et coment, quant Fromon en fust advertis,
il arma luy et les siens et sont sortis dehors aux champs, et de la cruelle et
piteuse bataille qui fuit illec devant Verdun, en laquelle morurent plussieurs nobles hommes, comme cy aprez oyrés, nommé premier Focquerel,
le filz Bernard, Goudeffroy, Thierry d'Aulsay, Pieron de Mets, Baudowin
d'Amiens, Gerard du Liege, Olris l'Allemant et plusieurs aultres, comme
cy aprez trouverés lisant.

Coment le duc Guerrin de Mets, en vangeance du conte Hue, fit trenchier
la teste à Auciame et l'envoia au viez Fromon, et coment ledit Fromont et
ses aidans furent mis en chasse, et dedans le bourgs de Verdun y olt grosse
escarmouche, là où plussieurs furent mors ou prins; après, coment Fromon
demanda treves, lesquelles luy furent refusées, et firent ensepvellir les mors
et d'un cousté et d'aultre, comme cy aprez vous sera dict.

Coment ceulx de Mets envoierent grant nombre de gens au secours du
duc Guerrin, et de la joie que le vaillant duc en olt, et fit ce jour donner
l'assault, et avec ce promist de donner plussieurs beaulx dons à celluy quy
premier entreroit dedans Verdun; et coment, aprez plussieurs beaulx coups
donnez et ressus les ungs aux aultres, ilz sont entrés en la cité, et coment
Gilbert, le conte Guillaume et Fromondin furent abatus emmy la rue à terre,
et furent de leur vie en grant dangier.

Coment le bourgs fut pillié et robbé, ars et brullé, et emmené tout le
buttin, et y conquesta grammvent le duc Guerrin, et du grant dueil que mena
Fromon le conte, voiant Fromondin son filz ainsy navré; et aussi de son

pays ars et gastez, pour lequel il fit plussieurs regretz, comme en lisant vous trouverez.

Coment le noble duc Guerrin retorna arriere en ses hauberges bien joieulx de la victoire, neantmoins qu'il eust du dueil beaucop pour l'amour de ses amis mors, et des devises que eust ledict Guerrin, avec Gilbert, son filz, lequel donna conseil au duc son pere de marier la fille le conte Hue de Cambresin, et fut par ce conseil ensemble de assegier Mouelin, et firent de mal beaucop au plain pays; d'aultre part vint en leur ayde et assembla grant gens Gaulcher l'orphellin.

Coment les nouvelles de celle guerre en sont venues en France, tant au Roy, comme à la Royne, et se enquiert le Roy de tout le faict de la battaille, et aussi fit la Royne, de quoy ilz heurent plussieurs devises ensembles, comme en lisant vous trouverés.

Coment Gaulchier l'orphellin avoit faict grant assemblée, et si ont passez l'Escluse et faict beaucop de mal sur la terre aux annemis, entre lesquelles fut Douay prinse et pillée, puis fut brullée et mise en cendre; et coment le conte Fromon envoia en Angleterre querir aide, et coment le duc Guerrin de Mets s'en retorna en France, luy et ses gens, et ont mis le siege devant Malcon en Bourgongne, mais pour auculne nouvelles ilz lesserent leur entreprinse pour celle fois pour secourir à leur amis.

Coment Gaulchier l'orphellin entra de rechief dedans le pays Fromon, auquelle y firent du mal beaucop; et coment Fromon avec ses gens leur vint encontre à une lieue de Vallancienne, ou lieu c'on dit ou Val Bruiant, et illec y olt dure escarmouche; car par Guillaume de Mouelin y fut abatus Millon de Laverdun, et coment à la rescousse y olt fiere mellée et torna le pire dessus Fromon, tellement qu'ilz se sont mis à retour, et gaigna Gaulchier ung bon butin, car plussieurs prisonniers y furent prins.

Coment ledit Gaulchier envoia ung messaigier en France devers le Roy et la Royne pour leur conter de ces nouvelles, et parreillement en envoia au duc Guerin et à Aubry, eulx estans devant Biaugey, et à iceulx conta le messaigier trés tout le faict de la battaille, et coment Biaugei fut prinse.

Coment le noble duc Guerrin, luy estant dedans Dijon, print conseil au duc Aubry de ses affaires, et coment il se mist en voie à petite compaignie pour aller parler au Roy, proposant de livrer Mets en ses mains, et envoia Hernault et Gerin, ses deux nelpveux, avec les aultres à Mets, lesquelx, en s'en allans, ont trouvé Fromon luy et ses gens qui avoient assegié Aspremont, et coment ilz s'en fouyrent à Verdun, quant ilz sceurent leur venue, puis coment les armées se sont deffaictes, et retorna chascun en son pays.

Coment le noble duc vint à Paris, et illec ne trouva pas le roy Pepin, car il estoit à Chaallons; si s'en partit incontinant le noble duc, et fit tant que en brief terme vint à Chaallons, et comme le Roy fit de luy peu d'estime, de quoy plussieurs rigoreuses parolles s'en ensuivirent entre eulx deux, desquelles la Royne fut bien marie, et coment elle donna au noble duc plussieurs beaulx dons, comme en lisant vous trouverés.

Comment le duc Guerrin se partist du Roy sans congié prenre et s'en vint tout droit à Mets, et coment, par le conseil du duc Aubry, il alla à Collongne vers Anseis, et fut ressus en grant honneur ; et luy donna le roy Anseis or et argent à grant puissance, pour aidier à maintenir sa guerre par tel que le duc luy mest Mets entre ces mains, puis la reprint dudit roy Anceis en fiedz et hommaige et son homme en devint.

Coment, par l'aide d'Anseis roy de Collongne, le duc Guerrin fit grosse armée et assembla jusques au nombre de XL mil hommes, avec lesquelx il entra au pays de Lancellin, de Guillaume et de Fromon, et fit du mal sans nombre, tant à Vermendois, à Peronne, en Flandres, à Pontis, et à Beuille, (1) et jusques à Boullongne sus la mer, et en plussieurs aultres lieux, comme en lisant vous trouverés.

Coment le duc Aubry vint logier sur Sainne, et eust le Roy grant peur, tant de luy que de Guerrin, et coment la Royne fit la paix, et rendit le Roy audit Guerrin toutes les terres et seigneuries que cy devant avoit saixis, et fit audit Guerrin grant feste et joie, puis s'en alla à Bourges et la destruit, et print Bourdeaulx et la pilla, et fit encor du mal beaucopt, comme en lysant vous trouverés, puis s'en retorna en arriere à Mets, et tous les aultres en leur pays.

(1) Abbeville.

*Icy commance le thier livre du noble et vaillant prince le Lorrain Guerrin,
lequel gist tout enthier en ung sercuel de pierre en la grant esglise de la
cité de Metz, comme ci devant a esté dict.*

Coment, depuis ces guerres ainsy menées, le noble duc fut l'espace de
trois ans an sa bonne cité de Mets à repos, sans mener guerre ne huttin à
voisin qu'il eust, lesquelx durant, fit reffaire et repparer plussieurs placés et
fortes maisons, que durant ces guerres on avoit destruitz, et coment ledit
Guerrin devint fort devolcieulx et print la croix pour aller en Jherusalem,
et volt faire paix à ses annemis, lesquelx furent mandés, et se trouverent
tous près de Mets en ung lieu nommeis Genivaulx, là où le noble duc y
alla bien simplement et à petitte compaignie.

Coment, après ce que les parties se furent trouvées ez fons de Genivaulx,
le noble duc Guerrin parla en toute humilité, et des parolles orguilleuse
que luy dit son compère Guillaume de Mouelin, et coment, aprez plussieurs
parolles, ledit Guillaume tua sans cause et sans raison le waissal au duc
Guerrin et des parolles qui en furent, comme cy après sera dict.

Coment le noble duc, congnoissant la malvaise volunté de ses annemis
en toute humilité parla beau, et s'en cuida de fouyr, mais ilz le firent
entrer dedans l'embuche, là où il fit merveille de soy deffendre ; et coment
lui voiant sa malle fortune fist sarlver (*sic*) ses filz et ses nepveulx, et s'en
retorna à la chappelle, en laquelle l'evesque Lancellin de Verdun luy
donna le dernier coupt, de quoy le noble duc piteusement mourust ; aussi
coment ung de ses maire et officier luy coppa le bras et l'emporta avec luy.

Coment l'enffant Gilbert, Gerin et Hernauldin vinrent en la chappelle,
là où ilz trouverent le corps du noble duc piteusement mors et murtris, et
du dueil qu'ils firent, et coment ilz l'apporterent à Mets, par quoy grant
dueil fut demenés par les bourgeois de la cité souverainnement de Beaultris
et Aelis les deux suiers, lesquelles ont demenés tel dueil que dedans
deux jours morurent, et furent enterréez ensemble en ung meisme sepulchre
et monument.

Comment l'enffant Gilbert se desconfortoit et volloit abandonner la cité
et le pays, se n'eussent estez les citains d'icelle, qui lui ont donnés confort et

ayde avec ses amis, qui le reconforterent et aiderent, et coment, par leur aide, il fit une grosse armée, et abatist Dieulevart sur l'evesque Lancellin et Mouelin sur Guillaume, puis retorna chascun en son pays.

Comment ung jour bien tost après, une espie vint noncer au joune duc Gilbert, luy estant à Flaveignei, que l'evesque Lancellin debvoit chasser ung porc à petite compaignie, et coment ledit Gilbert accompaignié luy X^e, s'en alla toute nuyt jusques au cler, tant que il vint en ung lieu nommé Merbuechamps ; là a trouvé Lancellin, lequel fut chassié, prin et destrenchié, et ses membres tous descoppés et mis parmei les champs, comme en lisant vous trouverés.

Coment les jounes enffans s'en allerent en France, tant pour parler au Roy, comme pour aidier à Rigal leur parent, et coment à la requeste de la Royne, le Roy les rethint de sa maisgnie, et leur donna offices et gaiges, et coment les nouvelles de la mort de Lancellin vinrent aux orreilles de Fromon et Fromondin.

Coment le gentil Rigal, avec son pere et ses freres, firent une grande feste, pour l'amour du duc Gilbert, qui estoit seneschal de France, en laquelle ilz firent plussieurs chevaliers nouveaulx, et coment, de joie qu'ilz en eurent, ilz assaillirent Bourdeaulx, et y olt grosse mellée, en laquelle furent tués le conte Aymon, frere à Fromon, et Bouchair, leur oncle, avec Hardowin, son filz, et coment Fromon fit son armée et vint au secours de ses amis, et de la complainte qu'il fit, quant il trouva son frere mort avec les aultres ses parents Bouchair et Herdowin.

Coment, au conseil et à l'aide de la Royne, le jeune prince Gilbert fit une armée, laquelle il mena en Flandre, et assaillit Lans en Lannoy et firent du mal beaucopt, et coment, à l'aide de Aubry, du duc Millon et plussieurs aultres ses amis, il fit grant desroy au pays de Vermendois et se rendit Aliame à luy et se mist du tout à sa mercy, puis ce faict, retornerent arriere en France, comme en lisant vous trouverés.

Coment le joune Guerin, filz à Guillaume de Mouelin, fut fait chevalier nouveau, et de l'embuche que mist Rigal et Morant son frere devant Bourdeaulx, et coment le joune Guerrin saillit aux champs, luy et Guillaume, son pere, et Fromondin, et plussieurs aultres, lesquelles furent tous desconfis.

Coment Rigal envoia Mourans à Montagus, et avec luy plussieurs gens d'armes, et coment Guillaume de Mouelin, qui de ce fut advertis, les fit espier, et s'en allerent, luy, Fromondin et Guerrin, son filz, et plussieurs aultres, mettre en embuche devant la place, et illec y olt grosse escarmouche, par quoy, aprez plusieurs vaillans fais d'armes que ledit Mourans y fit, y furent tués XXXVI de ses hommes, et luy y fut mortellement navrés et se saulva en sa maison.

Coment par le conseil de Rigal, envoia Hervei son pere ung messaigier vers la Royne en France, pour faire venir Gilbert et ses nepveulx au Plaiceis ; et coment la Royne parla au Roy, et fit tant par sa praticque que Gironville fut rendue aux trois enffans, et comme ladicte Royne fit tant encor envers le Roy qu'elle mist Fromon en malle graice.

Coment Gerard fit tant par ses journées qu'il arriva dedans Bourdeaulx, et illec a fournis tout son messaige devant Fromon, lequel, après ce qu'il l'eust oy, volt tuer ledit Gerard, et coment Gerard se revencha et puis s'en fouyt hors de la ville jusques au Plaiceis ; aussi coment le villain Hervei lui donna secours avec Rigal et plusieurs aultres.

Coment le conté Fromon manda ses gens de toutes parts et secretement vint à Paris et entra dedans le pallais sans le sceu du Roy ; et coment, quant il le sceut, il olt grant peur, et aussi, coment ledit Fromon se presenta devant luy sans luy porter aulcune honneur, ains de faict l'injuria luy et la Royne, de quoy la dame se corresça et donna audit Fromon sur le visaige, et du huttin qui en avint.

Coment peu de temps après s'en alla le Roy à Orliens, et fit tant la Royne par son pourchais que le fort chasteau de Geronville fut rendus aux trois enffans, et aussi toute la terre de Blaines, qui fuit au duc Baigue de Bellin ; puis coment les trois nepveulx ont assaillis Bourges dessus Fromon, et coment ung des parents audit Fromon s'entremist de faire destrenchier et mestre à mort le duc Gilbert à Geronville par Fouchier le chastellains et par ses XIIII filz.

Coment le duc Gilbert, avec ses deux nepveulx et avec Aubry le Bourguignon et plusieurs aultres, conclurent d'envoier devers Rigal dire ces nouvelles, et coment ledit Rigal vint à Gironville, et furent leurs forteresses bien garnies ; et puis coment ledit Gilbert s'en alla avec aulcuns de ses amis prenre Morlans dessus Fromon, puis sont retornés au Plaiceis.

Coment, quant Fromon sceut les nouvelles de la prinse de Morlans, il eust conseil avec Guillaume de se tirer en Vault Parfonde, auquel lieu furent assegiés de Gilbert et ses nepveulx ; et avec eulx estoit le preux Rigal, lequelx fut tués à l'assault d'icelle plaice ; et coment, pour la mort dudit Rigal, fut levés le siege, et s'en retornerent arriere en leur hostel.

Du grant dueil que mena le villain Hervei, et dame Audegon, sa femme, pour la mort de leur filz ; et coment, après le dueil passé, ilz eurent conseil tous ensemble d'aller assaillir Bourdeaulx ; là y olt grosse battaille, en laquelle morurent des gens Fromon plus de vii^c hommes, et y furent navrés le conte Guillaume et Guerin, son filz, et Fromondin fut abatus et en grant dangier de mort, et perdirent la battaille, et coment le villain Hervei devint moine et morut da[me] Adegon, et tantost après se sont les armées toutes desparties.

Des grans maulx et dompmaiges que fit le conte Fromon sur la terre de Gilbert, et ne demoura audit Gilbert que Gironville, que tout ne fut ars et brullé, et de la force, beaulté et scituation d'icelle place, de laquelle ledit Gilbert faisoit souvent saillie, et coment ledit Fromon, par le conseille de Fromondin, manda de rechief tous ses amis et fit une grosse armée, avec laquelle il assegea le fort chasteau de Gironville.

Coment Fromon fit donner plusieurs assault au fort chaisteau de Gironville, et y fit plusieurs dommaiges, tant au bourg, comme aultre part, mais à la grosse tour ne au donjon ne peurent rien faire, car il y avoit tours et donjon imprenables, tellement qu'il ne craindoit engins ne assault, et coment en celle place estoient plusieurs lieu de plaisance, comme en lisant vous trouverés.

Coment, quant Fromon vit qu'il ne povoit jouyr de son entreprinse, il manda Maurei l'enchanteur, lequel venus promist audit Fromon de luy faire venir ses ennemis à mercy ; et coment Fromon à sa requeste fit faire ung engins de boix devant le pont leveis de Gironville, puis coment ledit enchanteur gecta le feu gregeois, de quoy les povres gens furent grandement espouventeis.

Coment le vaillant champion Gilbert, Hernault et Gerin, et leurs aidans, quant ilz aperceurent l'angin ainsy subtillement faict, corrurent aux armes et saillirent dehors aux champs, et coment le conte Fromon fut surprins à son disner et s'enfouyt où il polt mieulx ; et fut l'engin ars et brullé, et le maistre qui l'avoit fait avec plusieurs aultres furent destranchiez et tués, et aussy coment Menfroy, cousin Fromon, y fût percé de part en part ; aussi fut Guion de Lans, et y olt merveilleuse battaille, en laquelle fut prins Dos le veneur et emmené au trefz Fromon.

Coment, après ce faict, Fromon eust conseil à ses amis, et moult loua la vaillance de ses ennemis, et coment Guillaume donna puis conseil audit Fromon, que s'il volloit gaingnier ses adversaires, qu'il envoia ung riche present au roy Pepin, affin qu'il ne fut aidant au duc Gilbert, à Hernault, ne à Gerin, et coment, pour ce faire, y furent envoiés Fromondin et plusieurs aultres de leurs amis, et fut alors le duc Gilbert mis hors de sa grace en oblis.

Coment une nuyt saillit le duc Gilbert aux champs luy et ses nepveulx, et firent une escarmouche dessus le tref Fromon ; et à icelle y fut prins Foucques le cousin dudit Fromon, pour lequel fut rendus Dos le veneurs ; et coment ledit Dos, luy revenus, conta au duc Gilbert tout le fait du present que Fromon envoioit au Roy ; par quoy, après beaucop de choses, ilz conclurent entre eulx tous que le duc Gilbert partiroit secretement et s'en iroit parler au Roy, et des parolles qu'ilz eurent en chemin, luy et son nepveulx le preux Gerin.

Coment le duc Gilbert, Gerin et Malvoisin ont rencontrés Fromondin venant de court, luy et ses compaignons, qui avoient porté le present au roy Pepin, et coment les septz contes dessus nommés furent auprès de Montbruant par eulx trois assaillis, et furent iceulx conte tellement destrenchiez et desconfis et mis en piéces, que de tous les septz n'en eschappa que Fromondin.

Coment, quant Fromondin fut ainsi eschappeis, comme avés oy, et qu'il vint en l'ost, ung chascun se assembla entour de luy, mais quant Fromon son père sceut la nouvelle de la mort de ses six contes, à peu ne fut enraigis d'ire et de couroux, et coment il fit crier auz armes et donna l'assault à Gironville et des prouesses que fit Hernault ce jour, luy et les siens avec aussi les parolles deceptives, de quoy Fromon se volt aidier.

Coment le vaillant duc Gilbert, Gerin et Malvoisin ont tant chevaulchiés par leurs journées qu'ilz ont trouvés le Roy, auquel ils conterent toutes leurs necessitez, demandant secours et ayde, et luy firent plusieurs belles remontrances, comme en lisant vous trouverés ; et comment le Roy les reffuza du tout en les mocquant et derisent, de quoy la Royne se corresça trés fort et leur promist à les aidier malgrey en aient ses ennemis.

Du conseil que Gerin donna à Gilbert, et du chevalier qui les nouvelles en dit à la Royne, par quoy elle en laissa le jeu et s'en vint parler au Roy ; et comme le Roy se corresça de ces parolles, et luy donna dè son gant sur le visaige, par quoy entre luy et la Royne s'en ensuivrent plusieurs parolles, et queroit la Royne ung champion pour sa querelle à deffendre.

Coment en ces parolles disant que la Royne faisoit devant le Roy, sont arrivés quatre Allemans ambaxades de Anceis roy de Colloingne, pour demander aide et secours contre les infidelles et Sarrazins qui tenoient siege devant Collongne, et coment courtoisement les reffuza le Roy, en se excusant du secours ; par quoy mal content du reffus, sans congié prendre, s'en retornerent en leur pays.

Coment le vaillant duc Gilbert, Gerin et Malvoisin conclurent tous trois ensemble de s'en aller devant Collongne ; et pour ce faire en parlerent à la Royne, laquelle leur donna mil hommes en cherge, et en fut Gilbert maistre et cappitainne ; et coment, quant ilz arriverent à Collongne, il trouverent le Roy triste et dollans, que ce jour avoit perdus deux de ses filz, mais auculnement fut resjois pour la venue du duc Gilbert et de Gerin.

Coment Daudesson le chamberlain compta à la Royne tout le recueil dudit Gilbert et la beaulté d'icelluy ; et coment ycelle damme en fut en —

amorée, et aussi fut sa fille, et des parolles rigoreuses que ladicte Royne en eust en l'encontre de ladicte sa fille.

Coment la Royne faindit d'estre mallade, et manda en sa chambre secretement le duc Gilbert, auquel elle desclaira tout son courraige, et des gracieuses responces negatives en se excusant, que le noble duc luy fit, et coment enfin la Royne lui eut fait chaingier propos par sa follie, se sa belle fille ne fut venue, laquelle moult aigrement reprint sa mere, de quoy le duc Gilbert fut bien honteux, quant il la vit.

Coment Anceis, le roy de Collongne passa le Rin luy et ses gens par le conseil du duc Gilbert, et de l'embuche qu'ilz mirent en ung recoy, et coment ledit Gilbert luy Xe s'en alla frapper dedans l'armée aux Sarrazins ; et y conquesta le bon cheval Flory, et fit tant par sa vaillance, luy et les siens, que Sarrazins feurent desconfis et mis en fuyte, comme cy après il sera dict.

Des parolles que Anceis, roy de Coullongne, olt au duc Gilbert pour l'amour du bon cheval Florey, par quoy grant mal cuyda venir, se n'eust esté Gerin, qui pour bien se mella et en fit l'accort, et comme la belle fille de Anceis surtout fut enamorée de Gilbert et envoia secretement ses messaiger parler à luy.

Des parolles que Gerin dit au duc Gilbert touchant la beaulté de la fille, l'en cuydant faire enamourer, et comment Gilbert lui respondit en louant seullement la beaulté de son cheval Flory, lequel il amoit mieulx qu'il ne faisoit la fille, ne tout le remenant du monde.

Coment le duc Gilbert parla au Roy, et se partit de sa presence tout correscié, et avec ce renfuza le dit Gilbert tous les biens qu'il luy offroit pour l'amour du bon cheval Florey, et coment, à la requeste de la Royne, retorna arriere le noble duc et des parolles qu'ilz eurent ensemble.

Coment la Royne fit tant devers le Roy qu'il rendit au noble duc son bon cheval Flory, pour lequel eust moult grant joie, et coment ladicte Royne, cuydant venir à son attainte de la folle amour qu'elle avoit au noble duc, fit encor tant que la cité de Mets luy fut rendue avec plusieurs aultres pays entour, terre et seigneurie, et du noble secours qui vint de Mets, de quoy le duc Gilbert en olt grant joie.

Coment après ce que tout fut bien appaisentés entre le roy Anceis et le vaillant duc Gilbert, ledit Anceis mist cy trés fort son amour audit Gilbert, qu'il n'estoit possible de plus, et pour ce grant amour luy presenta Beaultris, sa fille, en mariaige, laquelle le noble duc reffuza, et coment Gerin si l'en reprint et promist au Roy pour luy.

Coment le noble duc Gilbert retourna en France luy et son armée, et des beaulx dons que luy fit le Roy, tant en or, en argent, comme en hommes, en chevalx et en harnois, et à despartir le conduit jusques à Ais la Chappelle, et coment Fromon leva le siege de devant Gironville et s'en vint à Orliens devers le Roy, auquel se complaindit Fromont de Hernault et de ses consors, et de la responce qu'il luy fit.

Coment le noble duc Gilbert arriva à Orliens et en sa compaignie quatre mil hommes, gens de faict et bien empoint; et coment ilz y ont trouvés les gens Fromont, lesquelx par force ilz les ont fais de leur logis widier, et plusieurs leur en ont tués, et des requestes que ledit Fromon en fit au Roy, lesquelles furent reboutées par la Royne, comme vous oreis.

Coment le duc Gilbert s'en vint en court noblement accompaigniée, et comment il salua le Roy et la Royne et mauldit Fromon et son lignaige; et des parolles qu'il eust au Roy qui soubtenoit ledit Fromon, lequel avoit sa foy mentis, de quoy grant huttin se ensuivit en la salle, et plusieurs y fuissent demeurés, se n'eust estié le Roy qui s'en mella, comme en lisant vous serait dit.

Coment, ainsy que le Roy voulloit parler, Fromon se leva en piedz et dit au Roy plusieurs parolles, contre lesquelles replicquoit le duc Gilbert, et monstra si bien son cas que chascun luy en donna le droit, et fut dit que Fromon ne debvoit estre receu en court; et coment, par le conseil que en olt ledit Fromon, il en presenta son gaige, lequel fut receu du Roy, comme cy après orez.

Coment ce temps durant que le Roy estoit allé en son conseil, Fromon et Gilbert se reprindrent de parolles; de quoy la Royne se volt meller; et des injurieuses parolles que Fromon luy dit; de quoy se reamust arriere grant huttin en salle, et coment la Royne en demanda au Roy vangeance et en donna Gilbert son gaige contre Fromon, et des parrolles qui en advinrent, comme en lisant vous trouverés,

Coment Fromondin jecta son gaige pour combatre contre Gilbert et furent les deux battailles convertie en une, et coment Fromon par sa cautelle fit armer cent hommes d'armes, pour assommer et tuer le duc Gilbert, s'il veoient que Fromondin en eust de pire ; aussi oreis coment le noble duc gaingna les champs et rua à terre Fromondin, auquel il eust coppés la teste, se n'eust esté le conte Guillaume qui luy corrust sus avec l'embuche et fut ledit duc Gvillaume rués jus de son cheval, et malgrey eulx eschappa le noble duc de ce peril.

Coment la Royne enflemma le Roy contre Fromon, lequel, quant il en oyt nouvelles se mist en voie, luy et les siens, et emporterent Fromondin ainsi navrez ; et comme ladicte dame fit armer de ses gens une grant multitude avec les gens dudit Gilbert, pour courrir après ; et du conseil plain de trahison que donna Goudris le Viez chenus, par quoy, se le Roy ne les eust despartis, y eust heu grosse bataille.

Coment Fromon s'en alla arriere en Gascongne, et reprint de rechiefz ses terres du roy Yon ; si renforça encor son armée, et vint remettre le siege devant le fort chaisteau de Gironville ; et coment ung jour le preux Hernault et ses consors saillerent hors en la cuysine de Fromon, et par force prindrent la viande, car ilz en avoient necessitez, et firent ung grant desrois, puis ce faict retornerent arriere sains et saulfz dedans leur places.

Coment le viez Framon cuydoit decepvoir Hernault, et le volloit tirer aux champs pour luy trenchier la teste, et coment il lui faisoit accroire que Gilbert estoit à Collongne, là où il triomphoit et avoit espousé la fille de Enceis, roy d'icellui lieu ; aussi coment ledit Fromont volloit donner à Hernault Ludias sa fille en mariaige, moyennant que Geronville luy fut rendue, de quoy la fille, advertie de tout le fait, rescript à Hernault la trahison.

Coment quant Hernault fut advertis de la trahison, ilz eurent conseil ensemble de saillir hors au tref Fromon, auquel n'y avoit pour lors que luy XXe tant seullement, et avec eulx estoit Ludie apprestée comme pour

la donner à Hernault, et des parolles qu'ilz eurent ensemble, et coment après
plusieurs langaiges, descouvrit Fromon sa trahison, et y olt grosse mellée,
en laquelle furent prins Gaidon et Poince, et furent retenus au tref Fromon
et Ludie y fut prinse à force, et fut menée à Geronville.

Coment le viez Fromon envoia son filz Fromondin devant la porte de
Geronville, luy X^e tant seullement, et là y olt grosse mellée selon la quan-
tité de gens, en laquelle furent plusieurs abatus que jamaix n'en releverent,
et coment Fromondin y fut prins et emmenez, et des parolles rigoreuses
qu'ilz eurent ensemble luy et Hernault, par quoy Fromondin en fut batus
et de faict eust estés estranglez et pendus, se Fromon n'eust renvoiez Gades
et Poinces incontinent.

Coment le roy Pepin print Bourdeaulx dessus Fromon et n'y souffrit à
faire aulcuns dommaiges, et coment le duc Gilbert et Gerin se remembrerent
de Hernault, auquel ilz envoierent une nefz chergée de vivres et de secours,
avec lequel eust grant bataille ledit Fromon, et y perdit beaucoup de ses
gens.

Coment le preux Hernault et ses consors furent resjois, quand ilz
cognurent la venue de Malvoisin; puis coment il fut menés veoir Fromondin, auquel il eust plusieurs parolles trés rigoureuses; puis s'en retourna
arriere dedans sa neif et s'en reva au roy Pepin, auquelle il conta de ces
nouvelles, tant à lui, à la Royne, comme au duc Gilbert et à Gerin, de quoy
la Royne olt grant joie pour la prinse de Fromondin.

Coment le Roy avec le duc Gilbert firent une grosse armée pour aller
assaillir et mettre affin Fromont, et coment une espie en vint advertir ledit
Fromon, lequel, quant il scent les nouvelles, moult durement se lamentoit
et fut trés esbahis.

Coment Guillaume de Mouelin donna conseil à Fromon de envoier
devers le Roy lui presenter plusieurs offres et beaulx dons, et qu'il se
mectoit du tout à la mercy de luy et de Gilbert, et coment ce le Roy ne
voulloit ce faire, qu'il fut deffié et vivement recuillez et assaillis, et pour en
faire le messaige, y fut envoié luy meyme ledit Guillaume de Mouelin.

Coment le preux Hernault, voiant tout le train et la conduite de l'ost,

saillit aux champs luy Xe de compaignons ; et coment, quant Guillaume
apperceust les gens du Roy, il se despartit de son armée et s'en alla parler
à luy, et luy fit tant d'offres, de promesses et de dons, que ja y en eust esté
la paix faicte, ce n'eust esté la Royne qui y vint ; et coment le Roy se corresça à elle et la fit reconduire dedans Bourdeaulx par Gilbert et par
Gerin.

Coment le conte Guillaume, après ce que le Roy l'en eut fait retorner,
print trois poilz de sa barbe et au Roy les rua en sa faice, disant : « de par
Fromon, je te deffie », et cuida illec frapper Gilbert, et il tua Amaury, et
comme le Roy se correça et fit courrir après, et de la piteuse battaille qui
fut ce jour, en laquelle receut mort le filz audit Guillaume, nommez Guerin,
de quoy son pere fit grant complointe, comme en lisant pourrés oyr.

Des parolles que eust Gerin contre Gilbert pour et ad cause du bon
cheval Florey, lequel Guillaume conquesta dessus Gerin, et coment le roy
Pepin sceust les nouvelles par ung chevalier blecié qui se partist de la
battaille ; de quoy le Roy, mal content de ceste entreprinse, fit marchier ses
gens avant, et se vinrent frapper en la mellée, et coment plusieurs grans
personnaiges y morurent ce jour et d'un cousté et d'aultre, entre lesquelx
y morust Bernard du Naicil.

Coment le duc Gilbert rencontra le conte Guillaume en la grant presse
et le rua jambes levées mort estendus, et coment le bon cheval Florei
s'enfoyt parmei les champs, pour lequel à ravoir le duc Gilbert se mist en
grant dangier luy et les siens.

Coment Gerin et Malvoisin ont tant fait qu'ilz ont trouvez Gilbert, qui
avoit reprins son bon cheval Florei, de quoy ilz furent bien joieulx ; et
coment le viez Fromon s'enfuyoit de la battaille, luy XXXe de ses gens,
lequel par fortune a rencontré les trois dessus nommez, et coment ilz
furent assaillis et navrés jusquez à la mort.

Coment Malvoisin en se enfuyant rencontra le preux Hernault, lequel au
matin avoit partis luy Xe de Geronville, comme devant avés oys ; et coment,
quant il sceut les piteuses adventures de Gilbert et de Gerin, il corrust
aprez Fromont, mais Fromont retourna arriere, et se n'eust esteis le roy

Pepin qui sourvint, ledit Hernault estoit tués et mort; et coment Fromont
s'en fouyt amont Gironde, et le poursuyvit tousjours Malvoisin, jusques
dedans la neif, en laquelle il se salvoit et s'en fuist.

Coment, en retournant que faisoit Malvoisin, il a rencontrez le Roy
auquel il conta les piteuses nouvelles, et des regretz et complaintes que le
Roy fit pour l'amour de ses bairons, et coment le duc Gilbert plaindoit sur
tous son bon cheval Florey,

Coment le roy Mercille le paien fit grosse armée pour aller à Orange, et
coment partie de ses gens ont rencontrez la neifz en laquelle estoit Fromont,
et fut celle neif, assaillie des Sarrazins, et aprez grant deffence fut ledit
Fromon prins et loiés et emmenés presenter devant le Roy, et renoia ledit
Fromont la loy de Dieu, en se faisant Mammellus; et coment il fit acroire
grant bourdes au Roy, desquelles il fut trouvés manteur, par quoy il le fit
mettre an prison.

Coment nouvelles vindrent au roy Mercilles que ung puissant roy paien
nommez Beaufumes estoit entrés à force d'armes en son pays, et avoit
desjay prins XII chasteaulx, et coment Fromont fit tant par force de parolles
qu'il eust cherge de gens d'armes et tua ledit Beaufumes, et fut la battaille
gaingnée par le conseil dudit Fromont, comme cy après vous sera dict.

Coment par la bonne diligence des medicins furent reguerris le duc
Gilbert, Hernault et Gerin assés pour aller et venir et pour porter armes,
s'il en fut esteis besoing; et coment le Roy fit amener Fromondin de Gironville à Bourdeaulx avec sa suer Ludie, et coment ledit Fromondin se
humilia tant envers le Roy et la Royne, que la paix en fut faicte et fut
donnée à Hernault sa suer Ludie en mariage, puis retourna chascun en son
pays.

Coment Fromondin manda Hernault, son beau frere, Ludie, sa femme,
et plusieurs aultres, pour estre à une sienne feste qu'il faisoit de l'eglise
Sainct Severin, et du grant bruit qui se esmut à l'ocasion d'aulcuns paillars
qui avoient desrobez dedans la ville, par lesquelx fut racommencé la guerre.

Coment ung bourgeois de la ville rua une pierre à ung fraudoil, de
laquelle il tua Dos le Veneur, et coment Hervois d'Orliens le vint dire au

preux Hernault qui se dormoit avec Ludie, lequel incontinant s'arma et se frappa en la mellée, et du messagier qui le dit à Fromondin, lequel, en mal disant les Lorrains, cuidoit estre trahis; et coment, quant il cognut la verité du faict, se humiliait envers Hernault, et jay eust estés la paix faicte, se n'eust esté Malvoisin.

Coment Thiery d'Ardaine, gardes et princes, voians venir gens à cheval, se sont armés et saillirent partie aux champs pour secourir le preux Hernault, et du dueil que fit ledit Hernault pour l'amour de Doon mort; aussi firent à Bourdeaulx pour leurs amis, et coment touttefois Fromondin fit sepulturer Dos le Veneur honnestement et luy fit faire son obsecque et office.

Coment Hernault envoia à Bourdeaulx devers Fromont pour sçavoir s'il voulloit faire et achevir le contenus de la promesse qu'il avoit faict audit Bourdeaulx : c'est de luy amener les malzfaiteurs à Geronville pour en faire la punicion et plusieurs aultres choses, comme cy devant avés oys ; et coment la paix eust esté faicte par le conseil de Huon, se ne fut esteis par malvais conseill de Heuquignon.

Comment les messaigiers se mirent en voie pour aller au roy Pepin et firent tant par leurs journées qu'ilz vinrent à Monlaon ; et coment, après ce que le Roy fut de ceste entreprinse advertis, respondit laichement au duc Gilbert, de quoy se correscerent luy et Gerin ; et coment la Royne en parla au Roy, lequel lui en donna la cherge, en disant qu'il ne s'en voulloit plus meller, comme cy après vous sera dict.

Coment la Royne assembla gens de tous cousteis et fit une grosse armée, laquelle fut donnée en cherge au duc Gilbert avec Gerin et Malvoisin ; et comme ung jour le preux Hernault, luy estant à Bellin, fut sousprins et enclos dehors de son chasteau et par Fromondin, et tellement que à grant peinne escheppa et s'en fouyt auz champs en ung moustier aquel Fromondin l'ait assaillis.

Coment Fromondin, luy et ces gens, à force de frapper, ont gectés l'huis dedans le moustier en terre, et ont assaillis le preux Hernault, lequel se deffendait tellement qu'il rompit son espée et son espiez, puis s'en fouyt devers l'autel ; et coment, aprez plusieurs parolles, se salva ledit Hernault dessus le cuer et se enferma tellement c'on ne le povoit avoir ; mais Fromondin fit alumer l'eglise, et fut ledit Hernault en danger d'estre brullés ; et comme les gentilzhommes prioient à Fromondin pour sa saulveté, et des piteuses complaintes qu'il faisoit, comme cy après trovés escript.

Coment le preux Hernault se lessa cheoir du hault en bas, et le recuillirent les gentilz hommes sur leurs espiez ; et coment Fromondin illec le deslieaulma et le voulloit tuer, et jay en eust fait la fin, se n'eust estés Hues le bon conseillier, qui rethint le coup et l'en blama, comme cy après vous sera dit ; et coment, à la priere des chevaliers, Fromondin le lessa illec gisent, cuydant touttefois qu'il fust desjay mort, et s'en allerent luy et les siens mettre le siege devant Bellin.

Coment le gentil Gilbert coucha à Blois et chevaulcherent toute la nuyt, tant qu'ilz vinrent devant Bourdeaulx ; et coment, quant ilz virent la fumiere du moustier Sainct Martin, courrurent les aulcuns celle part ; aussi coment Hues le consciller reprint Fromont, lequel, congnoissant sa faulte, lui cria mercy, et coment aulcuns de Bellin saillirent dehors pour querir ledit Hernault, et l'ont trouvés qui avoit vie, de quoy ilz furent tout resjoys.

Coment, après ce que Hernault fut revenus à sa santé et congnoissance, il se fit armer et fut montez sur son cheval pour courrir après Fromont ; et comme il trouva l'armée de Gilbert et celle de Fromont, lesquelles furent pretz et en ordre, et se mellerent les ung parmei les aultres et coment Hernault se bouta dedans, en criant à haulte voix : « Où es tu Fromont le traistre, qui m'as voullus bruller en ung moustier ? » de quoy ledit Fromont l'oyant cryer fut fort esbays.

De la battaille corps à corps qui fut faicte de Gilbert et de Fromondin, et coment le duc Gilbert le rua en terre homme et cheval, et navra en la teste et ou cousteis, et l'eust illec tueis, s'il ne se fut rendus, et coment ledit Fromondin promit à se faire moinne et renoncier à toutes honneurs, et parmei ce compromis le print le vaillant duc à mercy.

Coment Gerin fut mal content contre Gilbert, pour ce qu'il prenoit Fromondin à mercy, et luy voulloit ledit Gerin oster la teste, et aultant en voulloit faire Hernault, et pareillement et Malvoisin, pour vangier la mort Doon, son père; et coment Hue le bon conseiller donna conseil aux gens Fromon qu'ilz allessent au duc Gilbert pour luy demander pardons, et il les receupt tous à mercy.

Coment Fromondin fut pourteis à Bourdeaulx, et receupt l'abit de relligieux par l'abbel de Sainct Severin, et y donna plusieurs rentes; et comment il fit son hoirs de Hernault et de Ludie et les fit seigneurs de Bourdeaulx, et les baisa et accolla au despartir, tellement que tout le monde faisoit plorer.

Coment ce temps durant, arriva ung messaigier de par roy Anceis, roy de Coullongne, lequel, au nom dudit roy, requist le duc Gilbert qu'il les veinst secouris et aidier à l'encontre des Sarrazins, qui le tenoient assegié, et coment le duc Gilbert se excusoit et n'y voulloit aller, se n'eust esteis le gentil Gerin, lequel l'en pria tant qu'il promit luy et les siens de y aller.

Coment ung secret messaigier apourta les nouvelles de ceste entreprinse à Fromondin; lequel alors estoit si bien regueris qu'il povoit aller, venir et porter armes; et coment il se remist en abit seculier et des parolles qu'il eust, luy et son abbel, par quoy enfin il baptist le dit abbel et le contraindit tellement qu'il luy soingnit? cent hommes d'armes du tout auz frais de l'abbaye, comme cy après oreis.

Coment le duc Gilbert, Gerin et Malvoisin se sont partis de Blois avec leur armée et s'en vont droit à Paris, et coment Fromondin saichant leur despart courrut après pour les cuydier tuer; aussi coment le Roy ne volt laiscer entrer Gilbert en court ne à lui parler, et coment la Royne excusoit le Roy et abandonnoit tous ses trezors audit Gilbert.

Coment par le conseil de Haguignon, Fromondin fit presenter plusieurs presens au roy Pepin, par lesquelx il fut receu en graice et fut le bien venus en court; et coment il solt si bien avoir le Roy, qu'il luy rendit toutes ses terres et dit qu'il luy garentiroit.

Coment à ces parolles vint la Royne et trouva Fromondin devant le Roy, auquel elle eust plusieurs parolles, et luy dit plusieurs injures; et coment le Roy se corresça, et la volt ferir de son gant, se n'eust esteis

Helie, evesques de Laion, qui le rethint; et du conseil traicteur que donna
Haiguegnon à Fromondin, par lequel il courrut après le duc Gilbert,
jusques au camps des Sarrazins; et comme, quant il vit si grant nombre de
paiens, il eust peur et se voulloit allier à luy, comme cy aprez vous sera dit.

Coment ledit Huon, le bon conseillier, conta tout le faict au duc Gilbert
et l'intencion que avoit elue Fromondin par le conseil de Haiguignon; et
coment le duc merveilleusement fut embahis, quant il solt qu'il estoit
sortis de son cloistre; puis coment les treves furent bien asseurées et d'un
cousté et d'aultre, et ne neantmoins se firent trés bien guetter, et du conseil
que donna Gerin au duc Gilbert.

Coment le duc Gilbert se ferrit en la battaille et aprés luy vint Fromondin, Hue de Bourdeaulx et Malvoisin et plusieurs aultres; lesquelx,
après plusieurs coups donnez et rcceups, ont tués plusieurs rois paiens,
comme serait dit; et comment la battaille fut gaingnée, et furent paiens
tous desconfis, et y ont gaingniez les crestiens moult grant buttin.

Coment le roy Anceis vint embrasser le duc Gilbert et le baisier et
accoller, et après plusieurs parolles, le semoinst à espouser sa fille, et des
responces negatives que luy fit le duc Gilbert touchant le faict de Fromondin, de quoy le Roy fut merveilleusement embahais; et coment ledit
Fromont envoia Hue devers Gilbert pour traictier de avoir sa paix, et tout
par le conseil dudit Huon, comme cy après vous sera dict.

Comment, pour fournir ceste ambaxade, y fut envoiés ledit Huon, et
coment ledit Gilbert volt avoir sur ce conseil, lequel tenus, fut respondus
que Fromondin n'auroit paix ne amitié, jusques à tant c'on lui eust trenchié
le chief; et coment, après ce dit, se sont mellés les ung parmei les aultres
et y olt une cruelle battaille, en laquelle y fut ledit Huon mort navreis, et
coment le duc Gilbert rua à terre Fromondin et jay lui eust trenchié le
chief, s'il ne luy eust criés mercy.

Coment après toutes choses apaisantées, et que Fromondin estoit en
chartre, le roy Anceis de Collongne presenta au duc Gilbert tout son pays
et seigneurie, et le requist de espouser sa fille; laquelle chose le duc sans
grant conseil s'en excusa, comme cy après vous sera dict, et coment le

gentil Gerin l'en reprint, de quoy le duc Gilbert luy en fit le don, en renunsant en sa main de la fille et du pays, et de faict en fut le mariaige faict de la fille et de Gerin, et celle meysme heure furent espouseis sans contredict.

Coment Fromondin, luy estant en prison, oit le bruit et la noise, et fut advertis de celle feste; par quoy il pria tant qu'il fut mis à delivre pour servir aux nopces; coment il fit, et coment par son grant orgueil, il osta la neif à Malvoisin qui servoit le duc de vin, et des parolles oultraigeuses qu'il respondit au duc Gilbert, par lesquelles fut venus grant noise, s'il n'eust repaisez le huttin.

Coment le duc Gilbert fit tant par ses journées luy et ses gens, qu'ilz arriverent à Sainct Denis, auquelle lieu pour lors estoit le Roy en son conseil; et coment le duc, après le biaulx recueille que le Roy lui fist, luy rendit Fromondin pour ung traistre; mais le Roy aulcunement excusa ledit Fromondin, sur laquelle cause le duc Richair de Normandie proposa à l'encontre et raconta toute sa vie, comme cy après vous sera dict.

Coment un messaigier arriva en court, lequel dit et nunça au Roy que Marcilles, roy des paiens, et Carmodas, son filz, accompaignez du viez Fromont, estoient descendus avec grant armée au pays de Bourdeaulx, à Blois et à Geronville, et destruisoient tout le pays, et coment à ceste heure arriva la Royne qui revenoit du moustier, laquelle quant elle vit Fromondin, luy dit plusieurs injures, et coment ledit Fromont se humilia et leur cria à tous mercy; et après plusieurs parrolles, à la requeste de gens de bien, luy fut tout pardonnez et furent arrier fait bien amis.

Coment, après celle paix ainsi faicte, le Roy fit crier son ban et arriereban, tellement qu'en brifve espace, il assembla grosse armée, lesquelx furent donnez en cherge au duc Gilbert; et coment ung chevalier navreis dit au duc qu'il y avoit environ XXX mil paiens vivandiers dessus les champs, contre lesquelx le noble duc y envoia Fromondin et tua Carmodas le paiens, et Gilbert tua Malpriant, et furent iceulx paiens tous desconfis.

Coment dedans Geronville estoit enserreis Hernault et durement assegiés par force de famine; et coment ledit Hernault saillit dehors luy XXXe, avec lesquelx il a conquis de la viande ; et coment les fuyans vinrent de devant Blois, qui contèrent à l'admiral leur desconfiture et la mort de son filz, pour lesquelles nouvelles en olt plusieurs parolles au viez Fromont, comme cy après vous oreis.

Coment le filz l'admiral fut appourteis mort devant son pere, pour laquelle mort olt moult de dueil, et coment il en print question au viez Fromont, et luy donna ung si grant coup d'ung eschequier d'ivoire qu'il le rua mort en terre devant ses piedz.

Coment le noble duc Gilbert fit monter ses gens en grant navires dessus Gironde pour tirer droit à Geronville ; et parreillement fit l'admiral armer plus de L mil de ses paiens pour leur aller à devent ; et là y olt une merveilleuse tuerie et battaille, an laquelle Gerin tua Hacebier, et Fromondin Menestier, et le duc Gilbert y tua le roy Marcilles, chief de l'armée, et furent paiens tous desconfis, et coment le duc fit crier que quiconque y prenront le viez Fromont, que on luy amena vifz.

Coment la fille du roy de Gascongne envoia ses messaigiers devers le duc Gilbert, luy priant qu'il la veint secourrir et aidier à l'encontre des infidelles Sarrazins ; et coment le duc Gilbert estoit du secours refusant, se n'eust esteis le gentil Gerin qui l'amonesta tant qu'il y alla.

Coment au londemain le duc Gilbert fit mander la pucelle, laquelle des noble du pais luy fut amenée richement acoustrée et vestue, priant au duc qu'il la print en mariaige avec la corronne et tout le pays, laquelle chose il refusoit, tant qu'il eust parlé au roy Pepin, se n'eust esté Gerin qui luy conseilla tant qu'il la print ; et coment Fromondin en olt grant dueil, neantmoins il servit le vin aux nopces, ausquelles fut demenés grant joie, puis retourna arriere chascun en son pays ; aussi coment Ludie fut acouchée de deux beaulx filz.

Coment Amadias, roy de Sarragosse, vint à grant puissance de Sarrazins à frapper tout dedans le pays de Gascongne jusques à Saint Gille, et coment le conte de Saint Gille envoia demander ayde au roy Gilbert, lequel envoia tantost à Collongne devers Gerin, à Geronville devers Hernault, et à Bourdeaulx pour Fromondin ; et coment en briefve espace, les trois dessus nommez firent leur armée, et s'en vinrent à Ais en Gascongne devers le roy Gilbert.

Coment au londemain se partit l'armée et firent tant par leur journées qu'ilz vinrent à rencontrer les Sarrazins, avec lesquelx y eust une merveilleuse tuerie et grant battaille, et coment le preux Hernault y tua Coursabrin, qui estoit nepveulx à Amadras, et plusieurs aultres, tellement que par la vaillance des crestiens, furent à la fin paiens tous mis en fuite et desconfis.

Coment le roy Amadras s'enfouyt à Airles le Blanc, en laquelle ville fut haultement receu; et comme le roy Gilbert et ses gens alerent après et mirent le siege à Tarasgonne, à laquelle donnerent plusieurs assault; et coment Amadras manda son frere Carion, roy de Toulouse, lequelle y fut tués en la baitaille, comme ycy aprez oyrés.

Coment au lundemain fut raccommencée la battaille plus que devant, en laquelle y olt plusieurs paiens mors et tués, et plusieurs en y olt de prins, affoulleis et navreis; et coment enfin fut roy Amadras abatus de son cheval, et se rendit à vie saulve, et promit au roy Gilbert de se faire crestien et baptiser comme il fist.

Coment Amadras fut baptisé et lavez, à laquelle office affaire furent plusieurs prelas, et fut nommez Gerin, et luy furent errier rendues toutes ses terres et seigneurie; et coment après ce faict retourna arriere chascun en son pays; aussi coment Amadras fut bon crestien et fit fonder plusieurs eglises, et coment nouvelles vinrent, c'on avoit brullé le moustier Saint Severin, comme cy après sera dict.

Coment après ce que le roy Gerin se fut despartis et retournez arriere à Collongne, comme cy devant avés oy, le roy Gilbert, luy, Fromondin, Hernault et Malvoisin s'en sont alleis à Bourdeaulx pour reffaire l'eglise de Saint Severin; et coment ledit Gilbert fit faire ung neuf sepulchre aux ossemens du viez Fromont, et en les y mectant print l'os du tois de la teste dudit Fromont pour faire envaneller en une couppe, pour laquelle tant de mal advint depuis.

Coment le roy Gilbert manda ung orfevre et fit faire une couppe de fin or, en laquelle fut subtillement enclos le haicte de la teste du viez Fromont ; et coment par ung jour de Pantherouste ledit Gilbert thint court ouverte, et fit grant feste à laquelle avoit mandés tous ces amis, entre lesquelles y vint Fromondin, qui ce jour servoit le Roy d'icelle coppe plaine de vin.

Coment, durant que Fromondin se disnoit, ung chevalier que Dieu mauldie, encusa et dit audit Fromont que l'os du haictel son pere estoit enclos en celle couppe, et coment ledit Fromondin s'en alla au gerdin bien correscié et dollant, et adjura le Roy de luy dire la verité ; puis coment, quant il sceut la chose estre ainsi faicte, il deffia ledit Gilbert, et se despartit tout courrescié de luy.

Coment, quant Fromondin olt fait ce coupt, il s'en fouyt en voie, et coment Gilbert courrut après luy et ses gens, et se donnerent des grans coups de lances, c'est assavoir Gerin et Fromondin ; aussi coment ledit Fromont s'en alla à Geronville, par quoy Ludie sa suer fut fort esbahie, quant elle le vit.

Coment, quant le roy Gilbert fut advertis de ceste affaire, il fit parreillement une grosse armée, et s'en vinrent devant Bourdeaulx, pour tirer droit à Geronville ; aussi coment Fromondin les sentant venir se mist aux champs en armes, et coment enfin après grosse baitaille s'en retourna arrier et se mist à Geronville à saulveté.

Coment le roy Gilbert assegea Fromondin à Geronville, et aussi coment ledit Fromont parla au roy Gilbert, le mauldissant luy et tout son lignaige, desquelles parolles olt le Roy grant dueil ; et coment, ce nonobstant, il se humilia en priant audit Fromont qu'il print la coppe et plusieurs aultres presens, lesquelx, en despit de lui, il reffusait.

Coment par l'espace de trois mois ne se meurent ne d'un cousté ne d'aultre, jusques à ung jour de Saint Remei que Fromondin saillit hors, luy et les siens, et vint assaillir le roy Gilbert qui se disnoit en son tref avec ces amis ; et coment ce jour y olt une merveilleuse escarmouche en laquelle mourut Gerin, cousin Fromont, et plusieurs aultres, de quoy se fut pitié et dommaige.

Coment Fromondin cheut comme eu desesperacion pour la mort dudit Gerin ; par quoy comme ung fellon cruel et sans pitié, il tua et murtrit ses deux petis nepveulx, filz de sa suer, Fromont et Begonnet ; et comme inhumain les rua en dehors de Geronville en ung fousseiz, et du grand dueil que mena le preux Hernault, quant il vit ses deux tendres enffans, ainsy descolloreiz, pailles et murtris.

Coment par ung jour de Noël de nuyt vint Fromondin à grant puissance se ruer dessus le camp, et coment il se mellerent les ung parmei les aultres, et y olt dure escarmouche, de laquelle, aprez plusieurs coups donnés et receups, s'en fouyt ledit Fromon, et coment ces gens, qui estoient en gairnisson à Geronville, se vindrent jecter aux pieds du roy Gilbert, et il les print et resseut à mercy.

Coment Fromondin s'en alla secretement, luy et son escuier ; et tant a chevaulchié de nuyt et de jour qu'il arriva en Espaigne en la ville de Pampelune ; et coment ung jour en penssant aux fais du passeis, conscience le remort, et coment son hoste le mena au bois parler à ung sainct hermitte, devant lequel ledict Fromont se confessa, et se rendit hermitte dedans ce bois.

Coment le roy Gilbert, luy estant à Geronville avec ses amis, triste et pensif pour ses nepveulx ainsy murtris, luy sont venues nouvelles, qui l'ont tout resjois ; car la Royne sa femme estoit acouchée d'un beau filz ; et coment le roy Gerin retourna à Collongne, et le roy Gilbert retourna eu Gascongne, son pays ; mais avant qu'il y vint luy vint ung messaigier au devant, qui luy dit coment la Royne, sa femme estoit morte en sa gessine, par quoy il fut moult correscié et dollent et plusieurs complainctes en fit.

Comment ung messaigier blessié vint de par la fille Emmery de Nerbonne au roy Gilbert demander aide encontre les Sarrazins qui l'avoient asseyée, et coment ledit Gilbert y alla à grant puissance, accompaignié de ses amis, lesquelz rencontrerent en leur voie xxx mil Sarrazins, de quoy Lutaire, filz à l'admiral, estoit chief, et coment ilz se frapperent en eulx, et fut tuez ledit Lutaire et tous les aultres pareillement, et n'en eschappa que ung en vie.

Comment les crestiens et les Sairaizins se frapperent les ung parmei les aultres, et y olt une merveilleuse battaille, en laquelle ledit Gilbert tua le roi Codroey et le roy Ysoris, et Malvoisin tua Ludemars, roy d'Arabie ; et coment ung roy d'Affricque, nommés Malatry, y tua le roy Gerin de Tarasgonne ; mais le roy Gilbert en vengeance de lui le tua ; aussi y fut tués le conte Ramon par Coursuble, chief de l'armée, de quoy le roy Gilbert en olt despit et mist à mort ledit Coursuble, et furent lors paiens tous desconfis, comme cy après vous oreis, ce escoutter le voullés.

Coment, après celle desconfiturs, le roy Gilbert, accompaigné du roy Gerin et de tous les aultres ses amis, s'en entra dedans Narbonne, et là fit faire le service du conte Raimon et de Gerin ; et coment les prelas du pays vinrent presenter la fille au roy Gilbert pour la prendre en mariaige, lesquelx, aprez plusieurs langaiges, par le conseil de ses amis, la print.

Coment le roy Gilbert lessa Narbonne en garde à ung gentil chevalier et s'en va à Tarasgonne, et fit chevalier le filz au roy Gerin, et luy mit la terre, qui fut à son pere, en main ; puis comment il s'en vint à St Gille, et donna la contesse en mariage au vaillant Malvoisin ; et coment, après les nopces faictes, s'en retournerent à Ays en Gascongne, et mena sa femme avec luy ; puis après plusieurs jours print congié le roy Gerin, lequelle s'en retourna à Collongne son pays.

Coment quatorze ans durant se passerent sans avoir debat ne noise, après lesquelx print volunté au roy Gerin de aller à Sainct Jalcques en Gallice, et coment le roy Gilbert se accompaigna dudit Gerin, et ont mandeis à St Gille pour Malvoisin, lesquels trois ensembles, se sont mis en chemin.

Coment au londemain ledit hoste conduict le roy Gilbert, Gerin et Malvoisin parler au sainct hermitte dedans le bois, lequelle aprez plusieurs paroles, congnut que c'estoit le roy Gilbert, et coment cest hermitte estoit Fromondin, lequel print dilacion de les oyr jusques à leur retour de Sainct Jacques, affin qu'il les occit.

Coment, après le despart des trois seigneurs, envoia Fromondin son escuier en la cité pour acheter trois neuf cousteaulx, pour tuer le roi

Gilbert et pareillement Gerin et Malvoisin; et coment l'escuier proposa
en lui meisme de les saulver, et descella tréstout le faict au roy Gilbert,
et coment Fromondin cuida ferrir le roy de son cousteaulx, mais Gerin
s'en apercenst, et donna si grant (1) de baston audit Fromont qu'il l'abatit
mort à terre.

Coment après ce que Fromondin fut mort, ilz sont retournés en leur
pays, auquel ils furent festoiés plusieurs jours avec Hernaut et avec tous
les aultres leurs amis, et coment, après la bonne chiere faicte, retourna
arriere chascun en son pays, là où partie d'entre eulx demourerent en
paix le remenant de leurs vies..

Cy après s'ensuyt la fin totalle et generalle destruction de la noble
lignée, qui sortait du duc Pierre de Lorraine et du noble Hervei de Metz,
qui espousa la gentille damme la belle Beaultris, de laquelle saillit des nobles
comme cy devant est esteis dit, et lesquelz, pour les granth aynes et guerres
mortelles qu'ilz eurent au lignaige du conte Fromont et Fromondin, son
filz, furent enfin tous mortz et destruicz, comme cy après vous sera dict.

Coment ung jour le conte Hernault proposa de se aller tenir à Lan en
Lanoy sur la terre qui solloit estre à Fromondin, et comme il y semont le
roy Gilbert; et de faict il luy pria qu'il vint à une feste de Panthecouste,
car il voulloit faire chevallier son filz Loys, comme cy aprez oreis, se vous
le voulés oir, et de la complainte que fit Ludie quant elle sceut la verité
de son frere Fromondin.

Coment le conte Hernault envoia ses messaigiers au roy Gilbert luy
priant qu'il vint vers lui alans en Lanoy, et qu'il amena avec luy Yennet
son filz, et coment ledit Hernault envoia aussy querrir le roy Gerin et
plusieurs aultres ces amis.

Coment la folle Ludie admonnestoit Lowis son filz de mettre le roy
Gilbert à mort; mais l'enffant pour celle fois la refuza; et coment tantost
après les deux enffans s'en allerent esbatre aux champs avec leurs oyseaulx

(1) Probablement *cop*, sauté.

Gilbert et pareillement Gerin et Malvoisin ; et coment l'escuier proposa en lui meisme de les [illegible], et [illegible] trestout le faict au roy Gilbert, et coment Fromondin aida Gerir le roy de son cousteaulx, mais Gerin s'en aperceust, et [illegible] si grant (1) de Gaston sur dit Fromont qu'il l'abatit mort à terre.

Coment aprés ce que Fromondin fut mort, ilz sont retournés en leur pays, auquel ils furent festoiés plusieurs jours avec Bernaut et avec tous les [illegible] leurs amis, et coment, aprés la bonne chiere foictz, retourna [illegible] chascun en son pays, là où partie d'entre eulx [illegible] erent en paix le remenant de leurs vies..

Cy aprés s'ensuyt la fin totalle et generalle destruction de la noble lignee, qui sortit du duc Pierre de Lorraine et du noble Hervei de Metz, qui espousa la gentille femme la belle Beaultris, de laquelle saillit des nobles comme cy devant est estés dit, et lesquelz, pour les granth aynes et guerres mortelles qu'ilz eurent au lignaige du conte Fromont et Fromondin, son [illegible], ferent [illegible] tous mortz et destruicz, comme cy aprés vous sera dict.

Coment ung jour le conte Hernault proposa de se aller tenir à Lan en [illegible] sur la terre qui solloit estre à Fromondin, et coment luy semont le roy Gilbert ; et de faict il luy pria qu'il vint à une feste de [illegible], [illegible] ee vous [illegible] scéut la verité [illegible].

[illegible] le conte Hernault envoia ses messaigiers au roy Gilbert luy [illegible] qu'il vint vers les siens en Lanoy, et qu'il amena avec luy Yennet son filz, et coment ledit Hernault envoia aussy querrir le roy Gerin et plusieurs aultres ces amis.

Coment la folle Ludie admonnestoit Lowis son filz de mettre le roy Gilbert à mort ; mais l'enffant pour celle fois la refuza ; et coment tantost aprés les deux compaignons s'en allerent esbatre aux champs avec leurs oyseaulx

(1) Probablement [illegible] saulté.

Coment Lowis et Yonnet s'en allèrent esbattre aux champs avec leurs oyseaulx de proie

Coment Lewis en la salle ou le Roy Gilbert juoit aux
eschas print son espée de laquelle il donna par trahison
ung si grand coupt au Roy Gilbert qu'il cheut illec
tout mort en terre

Imp Ch. Willmann. Paris.

de proie, pour lesqu[illegible] ung merveilleux butin; et
en vint une si grant [illegible] ne print fin, tant qu'ilz
furent tous destruit[illegible] [illegible] dict.

Coment par l'[illegible] [illegible] ledit Louis s'en est allé en la
salle là où le roy Gilbert et [illegible] aultres jouoie[illegible] aux eschas, et coment
ledit Louis print son espé[illegible] laquelle il donna en trahison ung si grant
coupt dessus la teste a[illegible] Gilbert qu'il luy fendit en deux [illegible] et
cheut illec tout mort [illegible].

Du grand dueil qu[illegible] [illegible] le conte Hernault le roy [illegible] [illegible]
pour la mort de [illegible] [illegible] sergent l'enffant Yousel, [illegible] [illegible]
envoia son [illegible] [illegible] nouvelles de la mort de [illegible]
aussy coment [illegible] [illegible] que le corps dudit [illegible] pere
fut apport[illegible] [illegible] [illegible] sur des
espiez, laquelle chose [illegible] fit [illegible].

Du conseil qu[illegible] [illegible] it Ludis, la [illegible] [illegible]
avoir [illegible] [illegible] et se mettre en une [illegible] [illegible]
la voit ferrir, et coux[illegible] [illegible] faisant chevauche[illegible] [illegible]
ses gens, qu'ilz arrive[illegible] [illegible] auquel lieu y [illegible] [illegible]
plains de la [illegible] et [illegible] ses subjects.

Coment le jeune enffant [illegible] se desconfortoit et s'en vouloit alle[r]
en exil, oultre la [illegible] [illegible] son adventure, se n'eussent esté ses
barrons qui le [illegible], et luy premirent or et argent pour son ost
à entreten[ir] [illegible] il propose d'envoier à Collongne dessus le
Rin pour avoir aide et secours, [illegible] vous serot[illegible]

Coment [illegible] envoia ses messaiges à Collongne devers le [illegible] roy
Anceis, auquel ilz [illegible] trouverent [illegible] [illegible] Hernin qui estoit venus
de part Hernault [illegible] [illegible] coment le [illegible] vouldroit [illegible] et
coment, après plusieurs [illegible] par le [illegible] [illegible] esque le roy [illegible]
se tint de la [illegible] [illegible] de quoy fut bien esbahis le roy [illegible]
et coment il le [illegible] [illegible] bons chevaulx [illegible] messaiges [illegible]
ne les prindrent pas [illegible] [illegible] après [illegible].

Coment le conte [illegible] Ludis, et aus si le Lowis vindrent [illegible]

[...] dans la ville [...] le Roy [...] Gilbert qu'il chent [...]

de proie, pour lesquelz se esmut entre eulx ung merveilleux huttin ; et en vint une si grant guerre, que jamais depuis ne print fin, tant qu'ilz furent tous destruictz et tués, comme ci après sera dict.

Coment par l'anhortement de Ludie, le dit Lowis s'en est allés en la salle là où le roy Gilbert et plusieurs aultres juoient aux eschas, et coment ledit Lowis print son espée, de laquelle il donna en trahison ung si grant coupt dessus la teste au roy Gilbert, qu'il luy fendit en deux moitié, et cheut illec tout mort en terre.

Du grand dueil que demena le conte Hernault le roi Gerin et Malvoisin pour la mort du roy Gilbert, et coment l'enffant Yonnet, oyant le bruit, y envoia son escuier, lequel lui rappourta nouvelles de la mort de son pere ; aussy coment ledit Yonnet manda à ses gens que le corps dudit son pere fut appourtés et le fit mettre hors de la biere pour l'empourter sur des espiez, laquelle chose estoit signe de guerre.

Du conseil que donnoit Ludie, la faulce femme, disant que l'on deust avoir retenus l'enffant et le mettre en une prison, par quoy le roy Gerin la volt ferrir, et coment ledit enffant chevaulcha tant avec le corps, luy et ses gens, qu'ilz arriverent à Tarasgonne, auquel lieu y olt grant pleurs et plains de la Royne et des barrons, ces subjects.

Coment le joune enffant Yonnet ce desconfortoit et s'en voulloit aller en exil, oultre la mer, pour serchier son adventure, se n'eussent esteis ses barrons qui le reconforterent, et luy promirent or et argent pour son ost à entretenir ; et puis coment il proposa d'envoier à Collongne dessus le Rin pour avoir aide et secours, comme icy après vous serait dit.

Coment l'enffant envoia ses messaigiers à Collongne devers le viez roy Anceis, auquel lieu ilz trouverent desjay le roy Gerin qui estoit venus de part Hernault pour sçavoir coment le Roy se vouldroit maintenir, et coment, après plusieurs langaiges, par le conseil d'un evesque, le roy Anceis se thint de la partie son fillieux ; de quoy fut bien embahis le roy Gerin, et coment il fit presenter deux bons chevaulx aux messaigiers, lesquelx ne les prinrent pas, comme cy après il serait dit.

Coment le conte Hernault, Ludias, et leur filz Lowis vinrent au devant du roy Gerin, et des injures que ledict Gerin dit à Ludie en presence de son marrit ; et coment il luy conta tout le faict de la promesse que avoit faicte roy Anceis.

Coment le conte Hernault, le roy Gerin et Malvoisin ont menés devers le Roy l'enffant Lowis à Paris, pour le faire chevalier, et du maulvais recuiel que le Roy leur fit ; et coment ilz s'en retournerent alans tristes et marris, et des parolles que Hernault en olt à Ludias, comme cy après vous sera dict.

Coment la faulce femme Ludie fit escripre plusieurs lettres et par plusieurs messaigiers les fit porter en diverses contrées et lieux ; et coment Anceis, roy de Collongne, manda à Yonnet que en brief terme, il le viendroit secourrir, et coment ledit Yonnet fit grosse armée, avec laquelle il s'en vint par Bourgongne jusques à St Miel en Barrois au devent dudit Anceis, son parrain.

Coment Yonnet le joune filz print conseil à ses barrons pour envoier devers Collongne annoncer sa venue à Anceis, lequelle incontinant avec ces gens ce mist en voie, et chevaulcherent tant par leurs journées, qu'ilz vinrent à la ville de St Mihiel, auquel lieu ont trouvés le joune filz, lequel alors fut faict chevalier par la main dudit Anceis son pairain.

Coment Yonnet, le nouveau chevalier, par le conseil de Anceis, envoia à Hernault ses messaigiers pour annoncer sa venue, et des responces gracieuses que fit ledit Hernault aux messaigiers.

Coment, après plusieurs complaintes que le conte Hernault a faict, il fit armer ses gens et les fit mettre en ordonnance sur la montaigne hors de la ville, et se mellerent les ung parmei les aultres, et y olt grosse battaille et tuerie, en laquelle fut tués le roy Anceis, le conte Hernault, le comte Amaris et Malvoisin, avec plusieurs aultre de leur amis.

Coment le vaillant roy Gerin sercha le corps de Hernault, son frere, parmei les morts, et pareillement cellui de Malvoisin, et honnorablement les fit ensepvellir ; et coment à Ludie trenchea la teste, et la fit enterrer emprès son marrit ; puis après, coment, par le conseil du roy Gerin, Lowis,

le filz Hernault, envoia son messaigier à Arras, vers Yonnet, pour avoir
paix, et pour se mettre en sa mercy.

Coment le messaigier fist si bien son messaige que Yonnet en fut
content, et coment le petit Lowis se trouva sur la montaigne accompaigné
du roy Gerin et plusieurs aultres ; et coment ledit Gerin donna conseil
audit Lowis de se mettre tout nudz en braies, tenant en sa main le branc
d'aicier et que à Yonnet criat mercy ; pour quoy la paix fut faicte entre
eulx deux, comme cy apreis poureis oyr.

Coment le roy Gerin s'en alla en estrange terre, se teint en ung grant
bois ; et coment ung jour songeoit ung songe du roy Gilbert, de Yonnet
et de Malvoisin, et coment ce temps durant print voluteis (*sic*) à Loys de
Lans de aller à Collongne veoir Yonnet son cousin.

Des grandes complainctes et lamentacions que fit le roi Gerin pour la
mort de Yonnet, qui ainsy povrement avoit esté murtris, et coment ilz le
firent honnorablement enterrer à Saint Pierre de Collongne, puis print
congié ledit Gerin, et avec son abit incongnus s'en vint à Metz, en laquelle
il trouveit Loys et l'occit, puis ç'en aillait en telle lieu, que oncquez
depuis on ne le vit.

ERRATA

Page i, ligne 8
    lire : le manuscrit fit partie et non *il* fit partie ;

Page i, ligne 10
    lire : il fut acquis, au lieu de : le manuscrit fut acquis ;

Page iii, ligne 9
    il a fait; lire il *en* a fait ;

Page iii, ligne 20
    lire : Bernardin au lieu de Bernardon ;

Page vi, ligne 4
    duc de Pierre, lire duc Pierre ;

Page vi, ligne 27
    ex brachio suo; lire *in* brachio suo ;

Page viii, ligne 14
    duc de Garin, lire duc Garin ;

Page xi, ligne 6
    lire : il semble et non il *me* semble ;

Page 28, ligne première
    lire : le duc *Pierre* de Lourraine ;

Page 56, ligne 30
    Emorain, lire Eniorain ;

Lire Monclin partout où il y a Mouelin ;

Planche de la page 30
    lire Hervey et non Harvey.

Planche de la page 85
    lire Lowis au lieu de Lewis

VENDOME

IMPRIMERIE F. EMPAYTAZ